KB089594

마침표라니, 쉼표지

마침표라니, 쉼표지

박선경 지음

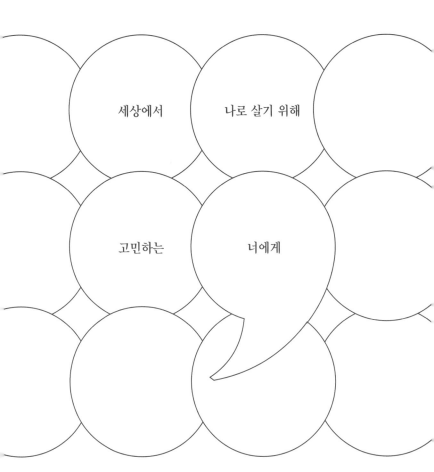

세상에서   나로 살기 위해

고민하는   너에게

드림디자인

Part 2 정답이 필요한 게 아니란 걸 알아

Part 3 단점이 장점 되는 인생 마법

Part 4 완생으로 나아가는 인생 필살기!

Part 5 마침표라니, 쉼표지

카르페 디엠, 세 라 비! carpe diem, c'est la vie!

"지금 이 순간에 충실하라, 그것이 인생!"

저는 노력을 인생 최대의 가치로 삼고 살아온 기성세대입니다. 아내이자, 엄마로 살아온 세월이 그렇지 않은 시간보다 길어지고 있는 50대 여성입니다. 저를 수식하는 말은 더 있습니다. 박사, 교수, 칼럼니스트라는 직함을 떠나 '어른'이라는 겁니다. 그렇지만 살면서 어른다운 어른이었는지 물으면 그 질문에는 선뜻 답하지 못하겠습니다. 열심히 살아온 기성세대나 요즘 2030 세대에게 좋은 어른 역할을 한 적이 있었는지, 그건 잘 모르겠어요.

마침표라니, 쉼표지

"나는 좋은 어른인가?"

이 책은 그런 의문에서 출발했습니다. 대단하지는 않지만, 제게 상담이나 질문을 하는 젊은 친구들이 주변에 있습니다. 차츰 늘어나기까지 하죠. 그들에겐 분명 부모를 포함해 주위 어른들이 있을 텐데, '왜 나에게?' 하는 물음표가 생긴 건 오래된 일이 아닙니다. 그 친구들이 답을 몰라서, 답을 구하고자 제게 물은 걸까요? 아닐 겁니다. 원하는 대답을 해줄 것 같은 또는 조금 다른 시선으로 자신의 문제를 바라봐 줄 어른을 고른 걸 테지요. 그들의 고민과 당면 문제는 제가 익숙하기도 하고 낯설기도 했습니다. 제가 거쳐 온 20대와 30대의 고민이 있었고, 전혀 생각지 못한 새로운 개념도 많았어요. 그러면서 한 가지 배운 점이 있었습니다. 이 친구들이 제게 바라는 건 해답이나 정답이 아니라는 것을요.

"우리 모두 성장합니다."

시간이 쌓이면서, 그 친구들과 제가 함께 성장하고 있음을 알게 되었습니다. 인간은 태어나 죽을 때까지 성장한다고 생각해요. 그저 늙는다거나, 달라졌다고 표현하기에는 부족하고 아쉬운 점이 많습니다. 인간은 성장합니다. 그래야 하고요. 젊은 친구들과 접점이 생기면서 제게 큰 변화가 찾아왔습니다. 미약하나마 그들에게 도움을 주고 싶다는 것, 좋은 어른이 되어야겠다는 것. 이 변화만으로 제가 성장했다고 말할 수 있을 듯해요.

"청춘을 즐기고, 나이듦을 긍정할 수 있기를!"

청춘은 청춘이라고 불리기를 좋아하지 않는다고 하더라고요. 저도 그랬으니 그 마음 충분히 이해갑니다. 갈수록 청춘을 즐길 수 없는 세상이 되어가니, 나이 든 사람이 태평하게 청춘이니, 젊음이니 하는 말이 곱게 들릴 리 없습니다. 그들은 나름대로 세상으로 나가기 위한 자신만의 싸움을 벌이고 있으니까요. 기성세대가 청춘일 때 그랬듯 말입니다.

이 책은 청춘의 고민을 모았다거나, 그들의 질문에 답을 주지는 않습니다. 다만, 현세대가 기성세대를 믿을만한 어른이라고 여겼으면 좋겠다는 바람으로, 당신의 고민에 궁금증을 갖고 들어줄 사람이 있다는 메시지를 담았습니다. 이 책에서 그저 한 줄이라도 당신의 눈에 들고, 마음을 위로해준다면 그것으로 충분합니다. 이츠키 히로유키는 《청춘의 문》에서 이렇게 말했습니다. 중요한

마침표라니, 쉼표지

것은 무엇을 찾느냐가 아니라 여정이라고, 그 여정 자체가 청춘이라고요. 이제 겨우 자신의 노화를 인정한 어른이지만, 당신의 청춘을 진심으로 응원합니다. 언제든 만나서 함께 이야기할 기회가 있기를 바랍니다.

감히 당신에게 말하건대, carpe diem, c'est la vie!

2020년의 마지막,

박선경 올림

Part 1

발칙한 커뮤니케이션

청춘을 청춘이라
말하지 못하는
청춘들에게

저는 장성한 두 아이의 엄마입니다. 해외에서 생활하는 큰아들과 일찍부터 꿈을 펼치고 있는 작은아들은 엄마 도움 없이도 척척 자신의 삶을 꾸려가고 있죠. 어찌 보면 운 좋은 엄마입니다. 엄마 도움이 없다고 말했지만, 어디 하나 제 손길이 닿지 않은 부분이 있을까요. 열심히, 잘 지내는 아이들의 등을 보면서 노심초사하는 마음은 제가 엄마인 이상 죽을 때까지 안고 가야 할 감정이겠죠.

요즘 젊은 친구들은 '청춘'이라는 이름을 반기지 않는다고 들었습니다. 죽어라 노력하고 고생만 하는 데 무슨 청춘이냐고 말이죠. 공감합니다. 흔히 나이 든 사람들이 "요즘 애들은 낭만이 없어" 따위의 한가한 소리를 하곤 해서 젊은 친구들의 분노 게이지를 치솟게 하는데, 비슷한 연배인 입장에서도 그런 말은 세상 돌아가는 걸 모르는 '한가한' 소리로 들리니까요. 청춘을 누리지 못하고, 젊음의 낭만을 느낄 수 없는 세상은 어른들이 만든 결과물과 같습니다. 그 안에서 살아가는 다음 세대의 어깨는 치열함과 생존의식으로 무겁기만 합니다.

작은아들은 아이돌로 활동하고 있습니다(이니셜 'P'로 시작하는 그룹이라고만 언급하겠습니다). 연습생 생활도 데뷔 전 1년 정도로, 스카우트된 '데뷔조' 연습생이라 길지 않았죠. 주변에서 저를 부러워하는 사람이 있더라고요. 결과만 보면 그럴 수 있겠다고 생각합니다. 남들이 봤을 때는 그야말로 순조롭고 순탄하게 진행된 것으로 보였을 수 있으니까요. 오늘의 아이가 있기까지 전 과정을 함께 한 저로서는 주변의 부러움에 답답함을 느낄 때가 많습니다. 아이가 자신의 꿈을 이루었고, 이루고 있으니 물론 축하하고 행복한 일이죠. 그렇지만 비교적 어린 나이에 자신의 꿈을 이

룬 것만으로 된 걸까요? 앞으로 살아갈 날이 많은데 당장 꿈을 이루었다고 안도해도 괜찮은 걸까요?

노심초사하는 엄마라, 아이들의 꿈이 영글어가는 힘겨운 과정을 알기에 저는 늘 당부하곤 합니다. 다른 집 아이들이었다면 맘 놓고 축하와 지지를 보냈겠죠. 세상이 얼마나 대적하기 어려운 상대인지 알기에 당부를 빌미로 잔소리합니다. '늘 겸손해야 해' '네가 어떤 사람인지 알고 스스로 제어할 수 있어야 해' '쉽게 포기하지 말고 최선을 다해 노력해봐'…. 자기계발서에 나오는 말 같다고 되레 놀림당하기도 하지만, 엄마이기 전에 인생의 선배로서 하지 않을 수 없는 부연설명이더라고요.

하고 싶은 일이 없다고 말하는 학생들, 어떻게 살아야 할지 모르겠다고 말하는 젊은 친구들의 한숨을 들을 때마다 저는 제 아이들에게 해줬던 말을 들려주고 싶습니다. 인생의 진리는 사실 우리가 늘 하고 듣는, 뻔하고 익숙한 말 속에 있는 것 아닐까요. 당신에게 꿈이 없어도 상관없어요. 단 하루라도 자신을 별 볼 일 없는 사람 취급하지 않았으면 합니다. 당신이 겸손한 사람이었으면 좋겠습니다. 만인이 당신을 좋아할 수는 없지만 겸손한 사람이라면 많은 이의 호감을 살 테니까요. 그 안에 기회가 도사리고 있을 겁니다. 자신을 돌아보고 스스로 어떤 사람인지 고민해봤으면 좋겠습니다. 그런 과정은 필시 당신의 자존감을 높이고 실패를 줄여줄 테니까요.

포기해도 좋습니다. 적어도 포기하기 전에 후회하지 않을 만큼 최선의 최선을 다했으면 해요. 미련 없이 다시 시작할 수 있는 추진력은 '더 채울 것도, 뺄 것도 없는' 마지막 고지에서 생기거든요. 마지막으로, 당신에게 이런 '뻔한' 얘기를 해주는 주변인이 있다면 충분히 지지받고 있다고 생각해도 좋아요. 그는 분명 당신을 아끼는 걸 테니까요.

저도 당신을 응원합니다.

발칙한 커뮤니케이션

;

자상한
꼰대

　트렌드에 뒤처지지 않으려고 노력하고 역지사지에 힘쓰지만 그래도 어쩔 수 없는 세대 격차를 느낄 때가 많습니다. 50대가 어찌 20대, 30대 마음을 다 헤아릴 수 있겠어요. 지나온 시간이라, 세월 속 무수한 변화를 거치니 저도 모르게 '꼰대'처럼 굴 때가 있어요. 그럴 때면 정신이 퍼뜩 들면서 자중하지만 말이에요.

　가끔 참지 못하고 "라떼는 말이야"를 내뱉을 때가 있습니다. 저로서는 좋은 의도라고밖에 할 말이 없어요. 그저 제 실패나 약간의 성공담을 통해 후배나 학생들이 머나먼 길 돌아가지 않고, 가능한 시간을 아끼며, 상처받지 않았으면 하는 선의가 담겨있으니까요. 그래도 이야기 듣는 상대는 따분하고, 거리감을 느끼겠구나 하고 깨우친 바가 있습니다.

언제 마지막으로 만났는지 기억이 나지 않는 대학 선배를 일로 다시 만나게 되었을 때였어요. 워낙 돈독했던 사이고, 신세 진 적도 있는 선배라 서로 근황을 나누며 어색함을 느낄 새도 없이 즐겁게 이야기를 나눴죠. 여기까지였어요. 제가 한 일에 대한 평가를 부탁드렸는데… '헬 게이트'가 열리더군요. 선배는 능력 있고 멋진 사람이지만 명백한 '꼰대'였어요. 물론 그의 말은 제게 도움이 되는 귀한 의견이었습니다.

얼마 뒤 이번에는 반대로, 제게 의견을 구하러 온 한참 나이 어린 후배에게 조언해줄 일이 생겼어요. 그때 제게서 선배 모습을 발견했습니다. 네, 저는 그러지 말았어야 했습니다. 세상에! 혼자 얼굴을 붉히며 후다닥 이야기를 마무리 지었지만, '아, 저 친구는 나를 꼰대로 보겠구나.' 하는 생각이 들더군요.

발칙한 커뮤니케이션

'꼰대'가 나쁘다고 생각하진 않아요. 덜 당해서 그런 걸까요? 저는 살면서 엄청나게 많은 '꼰대'를 만나봤어요. 젊었을 때는 끔찍하게 싫었지만, 어른이니 예의에 어긋나는 반응을 보이면 안 된다고 생각해서 끝까지 들어주기 일쑤였죠. 요즘 젊은 친구들이 '꼰대'에 보이는 반응을 접하고 그야말로 '빵' 터졌어요. '라떼는 말이야'라니. 어떻게 그런 생각을 할 수 있는지. '꼰대'가 비교적 나이 많은 어른이 대부분이지만, 젊은 꼰대가 있다는 것도 알았고요.

저는 제가 가진 '꼰대 기질'을 모두 버릴 수 없다는 사실을 받아들이기로 했습니다. 젊은 친구들로부터 고민 상담이나 질문을 받으면 대부분 제 일처럼 생각하면서 같이 화내고, 마음 아파하고, 안타까워하고, 기뻐합니다. 엄청나게 사람이 좋아서라기보다, 제가 그런 사람이에요.

저는 그저 제 안의 '꼰대'를 인정하고, 가능한 '자상한 꼰대'가 되기로 했습니다. 나이 든 사람들이 과거를 이야기하면 대체로 '꼰대' 취급하는데, 그건 좀 억울해요. 누군가의 의견을 듣거나, 다른 사람에게 고민을 털어놓는다는 건 어차피 그의 경험을 빌리는 일일 텐데, 그걸 '꼰대'로 모는 것 말이에요. 젊은 친구들이 경계하는 '꼰대짓'이 뭔지 저도 잘 알고 있습니다. 그래서 최대한 '꼰대' 선을 넘지는 않으면서, 제 경험과 생각을 구하는 친구들에게는 언제든 '라떼'를 들려줄 준비가 된 '다정한 꼰대'가 되기로 했습니다.

'꼰대' 너무 미워하지 마요.

발칙한 커뮤니케이션

쌈닭과
순둥이

제 외모 중 살면서 가장 오해를 많이 받고 반대로 혜택도 많이 받은 부위가 있다면, 다름 아닌 제 외모일 겁니다. 첫인상이 강하다거나 '센 언니' 느낌이라는 말을 적지 않게 듣고 살았죠. 거기다 화통하고 시원시원한 언변까지 더해져 저를 '쌈닭'으로 생각하는 사람도 많았어요. 그렇지만 저는 쌈닭의 외피를 쓴 '순둥이'입니다.

이런 제 경우와 반대로, 겉모습만으로 순둥이라고 평가받는 사람도 있습니다. 순둥이 외피를 쓴 쌈닭 말입니다. 우리는 '외모는 경쟁력이 아니다'라고 단언하지 못하는 세상에 살고 있습니다.

첫인상이나 외모는 일정 부분 섣부른 판단의 지표가 되곤 하죠. 그러니 첫인상에 '올인'하고 가꾸기를 게을리하지 않는 이들이 세대 불문, 더 늘어나는 거겠죠. 세상은 외모가 좋은 사람에게 혜택을 줍니다. 부정할 수 없는 현실이죠. 반대로, 좋은 외모 때문에 원치 않는 관심을 받거나 의도와 관계없이 오해와 편견이라는 부정적인 결과를 부르기도 합니다. 그렇다 해도, 좋은 외모가 주는 이점이 너무도 분명하기에 많은 사람이 좋은 외모를 선망하고 그렇게 되기를 원합니다.

속이야 어떻든, 일단 예쁘고 볼 일인가? 이렇게 생각하기에는 세상이 그리 만만치 않죠. "젊었을 때는 '개차반'으로 살았으나 그때는 인터넷이 없었다. 그래서 다행이다."라고 한 윌 스미스의 말을 그냥 웃고 넘길 수 없는 이유입니다. 세상은 꽤 오래 '외모 중심주의'를 찬양하더니, 이제는 돌고 돌아 사람의 내면, '인성'에 대해서도 말하고 있습니다. 거기다 인터넷의 발달로, 숨기고 싶은 과거 따위 사라진 지 오래입니다. 평범한 사람이라도 그의 과거는 빨리, 손쉽게 온라인 속 익명의 관찰자에게 털리고 맙니다. 누구든 '마녀사냥'의 대상이 된다는 뜻입니다. 차라리 외모만 쳐주던 과거가 더 나았을까요? 이제는 외모에 인성까지 갖춘 사람을 원하는 세상인 듯하니 말입니다. 어쩌면 당연히 그랬어야 했지만 말이에요.

세상은 늘 그랬습니다. 우리에겐 도덕과 상식이 있고, 추구해야 하는 가치가 있습니다. 이는 과거나 현재나 변함없는 사실입니다. 지금은 예쁘고 잘생긴 것만이 최상의 가치였던 과거가 아닙니다. 우리는 여전히 예쁘고 잘생기고 똑똑하고 재치 있고 키 크고 몸 좋은 사람을 좋아하지만, 더불어 못 생기고 어리숙하고 지루하고 키 작고 뚱뚱한 사람들도 함께 살고 있음을 인정하고 그들의 개성을 존중하려는 세상으로 조금씩 변화하고 있습니다.

쌈닭과 순둥이는 절친입니다. 실은, 쌈닭은 쌈닭 같은 외모 때문에, 순둥이는 순둥이 같은 외모 때문에 오해를 받을 뿐 둘의 속은 정반대였죠. 여리디 여린 쌈닭은 불합리한 것을 참지 않는 순둥이와 다니면 너무 편하고 좋았어요. 말도 안 되는 상황에서 자기 대신 항상 나서는 순둥이가 든든했거든요. 순둥이도 쌈닭과 다니는 것이 좋았어요. 쌈닭의 외모에서 풍기는 포스 덕에 애초에 어처구니 없는 상황이 벌어지는 일이 많이 줄었거든요.

　완벽한 외모에 깊이 있고 온화한 성품까지 갖춘 사람이 세상에 어디 있으려고요? 옛말에, "산 좋고 물 좋고 경치 좋은 곳은 없다"라고 하잖아요. 모두 이 진리를 알고 있기에, 내가 갖지 못한 것, 내가 부족한 것, 내가 고쳐야 할 것을 부지런히 손 보고 채우려 하는 것 아닐까요. 쌈닭과 순둥이처럼 언제나 함께하는 영혼의 동반자 같은 친구가 없다면, 내 안의 쌈닭이나 순둥이를 잘 갈고 닦아서 1인 2역 하며 사는 게 가장 현명한 방법일지도 모르겠어요.

발칙한 커뮤니케이션

어차피 인생은
실전이니까

꿈같은 소리만 하는 젊은이들을 볼 때, 저도 모르게 '인생이 만만하니?' 속에서 끓어오릅니다. "저 푸른 초원 위에, 그림 같은 집을 짓고 사랑하는 우리 님과 한평생 살고 싶어." 연인이나 배우자 기준, 문화 경제생활 기준 등 삶의 기준이 이 노랫말처럼 황망한 거예요. 깜짝깜짝 놀라면서도 뭐, 그래서 꿈같은 소리인지 모르겠다 치부하지만요.

그들은 남들 하는 건 다 따라 해야 기본이라고 말하죠. 남자는 죄다 예쁜 여자만 찾고 여자는 전부 능력 있는 남자만 찾아요. 예쁜 건 타고나야 하고 젊은 나이에 능력 있는 건 대부분 부모덕인데 말이죠. 타인의 삶을 들여다보는 창이 많아졌으니 그럴 수도 있다, 셈 치더라도.

어려운 시험지에서 쉬운 답을 찾으려 하니 오답투성이 아닌가 싶어요. 'TV 드라마는 바라는 것들의 실상이요, 보이지 않는 것들의 증거'입니다. 드라마 말고 네 현실을 보라고 잔인하게 말하는 이유입니다. 인생은 녹록지 않습니다. 보이는 게 다가 아니에요. 우리 인생에 공짜는 하나도 없어요. 걸어도 걸어도 끝이 보이지 않는 거친 사막에서 오아시스를 찾는 여정과도 같죠. 저 푸른 초원이 아니고요.

제가 가장 혹독한 실험대에 오른 경험은 홈쇼핑 쇼호스트에 도전했던 때였어요. 누적된 경험이나 노하우 없이 홈쇼핑 전장에 들어선 거예요. 제가 가진 무기의 종류나 기능, 화력은 몰랐어요. 열심히만 하면 되는 줄 알았어요. '듣보잡' 주연 배우였던 저는 첫 타석에 들어서자마자 안타를 날리리라 다짐했어요. 웬걸. 첫날부터 조짐이 이상했어요. 처참한 나날의 연속이었죠.

얼마 지나서 저는 '듣보잡' 주연 배우를 탐탁지 않게 여겼던 쇼호스트 팀장을 찾아갔어요. 도움을 요청하려고요. 순진한 얼굴을 한 그는 거침없이 말하더군요. "당신은 이곳을 너무 쉽게 생각하는군요. 여기는 전쟁터입니다. 당신은 온실에서 길러진 화초에 지나지 않아요. 우린 이곳에서 수년을 밟히고, 잘리고, 꺾이며 자란 야생화입니다. 여길 당신 인생의 연습 무대로 생각한다면 큰 코다칩니다. 이곳은 매일 죽느냐 사느냐를 결정하는 전쟁터라는 걸 잊지 마세요. 여기는 그만두고 당신이 잘할 수 있는 일을 찾아보세요."

충격이었죠. 화려하게 보이는 방송 생활 뒷면에는 승자의 숨만 허락하는, 치열한 생존 경쟁이 펼쳐지고 있었어요. 맞습니다. 제가 만만하게 생각했던 거예요. 사실이든 아니든, 결과는 그랬어요.

인생, 실전이라는 말 많이 하죠. 살아보니 정말 그렇더라고요. 뭐든 쉬운 일은 하나도 없고, 크든 작든 늘 승부수를 띄워야 하는 날의 연속이었습니다. 제가 아내와 엄마로만 살았다면 사정이 좀 달랐을까요? 절대 그렇지 않았으리라 생각합니다. 그때는 그때

상황대로 분명 또 다른 '실전'의 연속이었을 거예요. 어차피 인생은 실전이니, 쉬지 않고 달리는 겁니다. 멈춘다고 평화가 찾아오지 않아요. 적어도 저는 그렇더라고요. 그러니, 청춘이여, 좀 더 달려보시길. 수십 년 더 달린다고 인생에 요령이 생기는 건 아닙니다만, 구력은 생기더이다.

'갑질'을 대하는
우리의 태도

잊을만하면 '갑질' 논란이 터지는 세상입니다. 최근에도 인기 연예인의 갑질 논란으로 여론이 들썩이곤 했죠. 반응을 보면, 확실히 요즘 젊은 친구들은 '갑질'을 용서하지 않는다는 분위기가 형성된 듯해요. 속 시원하고, 현명한 자세라고 봅니다. '갑질'은 당하는 사람의 영혼을 갉아먹고 자존감을 떨어뜨린다는 점에서 용납될 수 없는 일입니다. 가해자를 향한 지나친 비난은 또 다른 피해를 유발할 것이기에 조심해야 하지만, 피해자의 마음을 보살피는 일이 언제나 먼저입니다.

오늘 내가 그런 일을 당하지 않았다고, 내일도 그러리란 보장이 있을까요? 사람이 사람에게 말로, 눈빛으로, 행동으로 지속적인 상처를 준다면, 그로 인해 상대가 삶의 의지를 잃게 된다면, 그것 또한 인격살인입니다. 사람의 내면을 죽이는 일이죠. 아마 가해자는 그런 줄 모를 거예요. 모른다고 용서할 수 있는 일은 아닙니다. 용기를 내어 그 일을 공론화하고 문제 제기하는 젊은 친구들이 귀하고 응원해주고 싶은 이유입니다.

앞으로도 이런 일은 사회 곳곳에서 계속 일어나겠죠. 이런 일을 묵과하지 않고 맞선다면, 끊임없이 소리 내어 잘못된 일이라고 말한다면, 분명히 조금씩 달라질 거예요. 이미 많은 2030 젊은이가 행동으로 보여주고 있습니다. 그들이 기성세대가 될 때쯤에 우리 사회는 더욱 살기 좋은 곳이 되지 않을까 기대하며, 오늘 제 말과 행동을 단속합니다. 인생사 새옹지마라지만 나이가 들어도 세상은 온통 배울 것투성이이고, 올바른 생각을 가지고 행동하기를 두려워하지 않는 젊은 친구들만큼 좋은 스승도 없습니다.

'알잘딱깔센', 오케이?

　나이를 실감하는 저만의 포인트가 있습니다. 연예인으로 가늠하는 방법이죠. 가끔 TV를 보면서 저와 비슷한 연배의 연예인을 어린 친구들이 깍듯하게 '선생님'으로 부르는 것을 보고는 격세지감을 느낀달까요…. 요즘 활동하는 십 대 가수, 배우들이 2000년대생임을 감안하면 놀랄 일도 아닌데 말이에요. 간신히 'X세대'에 들어가는 저로서는 나이 차가 좀 나는 후배부터, 아들보다 어린 대학 신입생쯤 되는 'MZ세대'가 (긍정적인 의미로) 신기하기도 하고, (역시 긍정적인 의미로) 재미있기도 합니다.

1980년~2004년까지를 일컫는 '밀레니얼 세대'와 1995년 ~2004년 출생자를 뜻하는 'Z세대'를 합하여 일컫는 'MZ세대'는 통계청에 따르면 대략 1,700만 명으로, 인구의 약 34%를 차지한다고 합니다(2019년 기준). MZ세대가 사회에 미치는 힘은 생각보다 강해서, 이들 사이에 발생한 트렌드가 우리 사회의 주류 문화로 자리 잡는 데까지는 1년 정도밖에 걸리지 않는다고 합니다. MZ세대는 이제 사회의 가장 중요한 소비자층인 셈입니다.

　　요즘 트렌드 속도는 한해가 다르게 변화무쌍합니다. 트렌드를 억지로 따를 필요는 없지만, 너무 몰라도 곤란하다고 생각하는 제게 젊은이들의 '신조어'는 여전히 낯선 세상입니다. 최근 한 줄임말의 뜻을 알고는 얼마나 웃었던지 몰라요. 너무 기발하고 재미있더라고요. '알잘딱깔센', 알아서 잘 딱 깔끔하고 센스 있게. 어떻게 이런 말을 생각했는지! 한편으로는 세대 의식을 보여주는 말 같아 안타깝기도 했어요. 젊은 친구들에게 줄임말로 유행할 정도라면 누군가가 그들에게 '알아서 잘 딱 깔끔하게 센스 있게' 하기를 부단히 요구했다는 방증일 수 있으니까요. 그러니 세대 안에서 새로운 말로 만들어 자기들끼리 통용하는 것일 테죠. 너무 앞서나간 생각일까요?

가뜩이나 인공지능이나 딥러닝 같은 기술과 경쟁하는 것만도 힘든데, 코로나19는 이 판도를 예측 불가능의 함정으로 내던지고 성공 공식을 말끔히 지워버렸습니다. 이건 '사다리 걷어차기'와는 완전히 다른 개념입니다. 제 다음 세대는 인류가 그간 한 번도 고려해보지 않은 상대와 싸워야 할지도 모릅니다. 디지털 환경에 익숙하고, 최신 트렌드를 좇으며, 남과 다른 색다른 경험을 추구하는 이 세대는, 어쩌면 이후 세대 발전 향방을 좌우하는 변곡점의 정점에 선 첫 세대일지 모릅니다. 이들은 포스트 코로나가 만들 '뉴노멀' 시대를 가장 먼저 맞는 청춘일 겁니다. 상상하지 못한 변화와 몰락, 새로운 아이콘의 탄생, 목표의 전면 수정 등 전혀 다른 차원의 문제를 맞닥뜨릴 겁니다. 어느 정도 삶을 일구고, 안정을 누리고 있는 세대와 다른 세상을 맞이하는 거죠. 그들을 바라보는 저는 희망적일 거라고, 그러니 힘을 내라고 말하기가 어렵습니다. 하지만 최근 이 세대의 행보가 바람직하고 발전적일 거라는 생각이 들기 시작했습니다.

집단보다는 개인의 행복을, 소유보다는 공유를, 상품보다는 경험을 중요시하는 이들은 작은 물건 하나에도 사회적 가치나 특별한 메시지가 있는지 살핍니다. 남과 비교하기보다 자신의 성공과 부를 과시하는 '플렉스' 문화는 그 어떤 세대보다 자신감 넘쳐 보이는 즐거운 놀이 같습니다. '부캐'는 또 어떤가요. 본래의 자신과 다른 색깔의 존재를 만드는 발상과 그것을 소비하는 태도는 감탄스럽기까지 합니다.

코로나 팬데믹에 압도된 저는 이 세대를 통해 다시금 인류가 가진 소중한 것을 깨달았습니다. '사람'이죠. 우리가 가진 건 우리 자신이지 다른 무엇이 아닙니다. 인공지능과 싸워야 하고, 코로나로 우리가 아는 세상의 체제가 뿌리부터 흔들리는 상황이 반드시 인류의 패배를 뜻하는 건 아닐 겁니다. 일론 머스크, 빌 게이츠, 래리 페이지 등 많은 이가 사람의 마음, 사람의 생각이 인류 존속의 단서라고 말합니다. 듣고 싶은 명쾌한 답이 아니라 실망감이 드나요?

그러나 저도 그들과 같은 생각입니다. 결국 인류는 늘 그래왔

듯 '사람'에게서 해답을 찾을 겁니다. 오히려 이런 생각은 더욱 강화될 겁니다. 그 어떤 세대보다 개인의 행복과 만족감을 중요하게 여기면서도 사회적 가치에 관심을 가지고, 무리하지 않는 선에서 본인이 할 수 있는 만큼 행동해 나가는 MZ세대에게 기대감을 갖는 이유입니다. 우리는 앞으로 나아갈 겁니다. 더 좋은 방향으로 말이죠.

　'알잘딱깔센', 오케이?

남 눈치 보지 않기

우리는 무척 타인의 시선을 의식하며 살아가는 것 같아요. 함께 사는 세상이니 어쩌면 그건 당연합니다. 문제는 주객이 전도되어 남의 시선을 의식한 나머지 내 인생의 중요한 결정까지 영향을 받는다는 거죠. '타인의 시선'을 완전히 배제할 수는 없겠죠. 하지만 직업, 진로, 연애, 결혼 등 오로지 자신의 감정과 가치관 중심으로 선택하고 결정할 일에서까지 남 눈치를 보지는 말아요. 의견을 구할 수는 있어요. 함께 생각을 나누는 과정에서 스스로 답을 찾을 수도 있을 거예요. 마지막 결정은 온전히 당신의 몫인 걸 잊지 마십시오. 그 결정에 책임을 지는 사람도 당신입니다.

싸움은 남하고만

세상과 한판승이니, 인생은 싸움이니 해도,

저는 이제부터 싸움은 남하고만 하기로 했습니다.

자신과는 싸우지 않을 거예요.

싸울 일투성이인데 왜 자꾸 자신과 싸우라고 하는지 원.

발칙한 커뮤니케이션

떨어져도
괜찮아

2년 전부터 실내 암벽, 클라이밍Climbing 재미에 푹 빠졌습니다. 중년 아줌마가 웬 클라이밍이냐고 주변에선 말리지요. 처음 6개월간은 기초를 배우느라 재미를 못 느꼈는데 시간이 지나면서 중독성이 생기더라고요.

간혹 아줌마, 아저씨가 보이기는 해도 제가 우리 암장에선 최고령자입니다. 젊은 친구들 못지않게 기술과 힘이 날로 늘어납니다. 모든 운동이 그렇듯 클라이밍도 사고에 대해 인지하고 있어야 해요. 실내 암장에는 바닥이 두꺼운 스펀지 매트가 깔려 있어서 큰 사고는 없어요. 가끔 착지가 불완전할 때 인대가 늘어나거나 접질리는 사고가 발생하곤 하지요. 저도 작은 사고를 여러 번 당했습니다. 홀드에 피부가 긁히거나 부딪혀 생기는 타박상은 다반사입니다. 무릎 아래와 팔뚝은 상처투성이에요. 상처가 오래가서 제 피부색으로 돌아오는 데 시간이 걸리죠. 클라이밍 중에서도 제가 하는 종목은 볼더링Bouldering입니다. 리드클라이밍Leadclimbing은 몸에 로프를 매달아 15미터 암벽을 오르고, 볼더링은 아무 장치 없이 3~4미터 높이까지 오르며 문제를 풀어가는 일종의 익스트림 스포츠예요.

문제마다 고비가 있죠. 머리를 써야 하는 문제가 있는가 하면 기술을 써야 하는 문제, 힘을 써야 하는 문제가 있어요. 세 가지를 함께 써야 하는 문제도 있고요. 볼더링이든 리드든 간에 클라이밍을 할 때는 매우 집중해야 합니다. 마라톤을 하면서, 등산하면서, 자전거 라운딩을 할 때 이 생각 저 생각에 빠지는 것과 달리 볼더링 중에 다른 생각을 하면 사고로 이어지거든요. 짧은 순간 고도의 집중력을 발휘해야 문제를 풀 수 있습니다. 제가 볼더링을 즐기는 이유이기도 하죠.

발칙한 커뮤니케이션

한 문제를 풀기 위해 어떤 때는 백 번 이상 도전하기도 해요. 백 번 실패하면 중간에 지겨워서 포기하고 싶어져요. 스타트부터 난관일 때가 있고, 중간 고비를 넘지 못하는 경우도 있어요. 거의 다 올라갔는데 탑을 못 잡고 내려오는 경우는 말할 것도 없고요. 그렇게 내 몸을 문제에 최적화시키는 데 셀 수 없을 만큼 '반복'이 필요합니다. 신기하게도, 내 근육과 세포가 반복 루트를 기억하더라고요. 반복될수록 근육은 필요한 문제에 최적화되고 손가락 마디마디도 문제에 적응합니다. 다른 문제에서는 다른 근육이 쓰이기 때문에 한 문제를 풀었다고 해서 모든 문제를 쉽게 해결한다는 의미는 아니에요.

클라이밍은 근육과 세포, 동선을 뇌에서 반복한 횟수만큼 기억해두었다가, 제게 하나씩 선물을 주는 느낌입니다. 그래서 알았어요. 포기하기 전까지 안 되는 건 없다고. 노력은 보답을 담보로 성공이란 선물을 주는 인생의 스승이라는 것을요.

스페셜리스트,
제너럴리스트?

2030 청춘일 때보다 중년인 현재가 더욱 바쁜 나날입니다. 해야 할 일은 해치워도 끝이 없고, 여기저기 저를 부르는 곳도 많아요. 그럴수록 이런 의문이 들곤 합니다. '나는 깊이 있는 전문가가 아니라, 이것저것 그저 하고 싶은 일만 하며 사는 건 아닌가?'

20대부터 꿈꿔온 등단 문학 작가부터, 직장인, 전업주부, 푸드 스타일리스트, 병원 컨설턴트, 홈쇼핑 쇼호스트, 칼럼니스트를 거쳐 퍼스널 브랜딩 전문가로 강단에 서기까지 숱한 직업과 변신을 거듭해왔습니다. 모두 하고 싶었던 일이었지만, 제 안에 내재한

발칙한 커뮤니케이션

가장 큰 욕구는 소설가가 되는 것이었죠. 정작 그 꿈은 이루지 못했지만 말이에요. 그러다 보니, 숨 가쁘게 바쁜 일정이 길어지면서 정작 나를 다독이고 위로하지 못한 채 달려오기만 했던 것 같은 때가 있었어요.

열심히 달리다 뒤를 돌아보니 허무하고, 어쩐지 현재가 만족스럽지 않았던 거죠. 우연히 후배들과 술자리에서 이런저런 이야기를 하게 되면서, 이것이 저만의 고민이 아니라는 사실을 알게 됐습니다. 어떤 이는 저의 경력을 보며 끊임없는 도전과 변신에 응원과 함께 부러운 시선을 보내곤 합니다. 또 어떤 이는 도대체 당신은 하는 일이 뭐냐고 날을 세우기도 하죠. 그런 사람에게 말문이 막혀 명쾌한 대꾸를 하지 못했던 때도 있었어요. 그렇지만 지금은 자신 있게 말할 수 있습니다. 나는 다양한 직업을 거치며 두루 경험을 쌓은 '인생의 멀티 플레이어'라고 말이죠.

세상은 순간순간 얼굴을 바꾸며 그때마다 스페셜리스트를 원한다 말하기도 하고, 제너럴리스트가 최고라고 말하기도 합니다. 어느 장단에 맞춰 춤춰야 할지 알 수가 없죠. 변화의 속도가 빛과 같고, 코로나와 같은 인류 공통의 문제가 발생한 현재는 더욱 그 속도를 쫓기 힘들어 보입니다. 이제는 방향조차 예측하기 어려워지고 있죠. 저도 후배나 학생들에게 단정적인 답을 내놓기 매우 어렵습니다. 요즘 세상은 스페셜리스트를 원할까요, 제너럴리스트를 원할까요? 두 가지 모두 두루 갖춘 사람이 가장 좋겠지만, 그런 사람이 어디 흔할까요. 저는 확실히 후자인 듯 보입니다. 그렇다고 해서 제가 스페셜리스트의 특징을 갖추지 않았다고 말할 수는 없어요. 세월이 주는 선물일까요? 나이가 들면서, 뒤처지지 않으려고 노력했던 결과가 얼추 이 두 가지의 장점을 취하게 한 듯 보이니 말입니다.

아직 젊다면, '스페셜이니 제너럴이니 어느 것에도 해당 사항 없잖아!'라고 생각할 수도 있습니다. '취업도 안 되는 마당에 저런 게 다 무슨 소용인데'라고 여길 수도 있고요. 그러나 이러한 마음가짐은 어느 시점에, 당신 인생에서 제법 중요한 요인으로 작용하기도 해요. 스페셜리스트나 제너럴리스트 모두 삶에 대한 우리 자세를 보여주는 한 단면이니까요. 원하는 직업을 얻기 위해 스페셜리스트가 되어야 하는 상황에 놓인 이가 있을 겁니다. 반대로, 먹고 살기 위해 제너럴리스트를 지향해야 하는 이도 있을 테고요. 성격이나 취향에 따라 분류기 니닐 수도 있습니다. 중요한 것은 어떤 쪽으로 나뉘는지가 아니라 세상을 바라보고, 원하는 일을 성취해가며, 삶의 궁극적인 가치를 어디에 두느냐일 겁니다.

저는 다양한 직업과 그보다 훨씬 더 많은 관계를 맺으며 지금 제 자리에 존재합니다. 숱한 경험이 없었다면, 아마 현재의 저는 없었을 거예요. 새로운 것을 두려워하지 않고 배우려는 저는 아마도 없었을 겁니다. 그래서 저는 오늘도 제 이력에 한 줄을 추가하려 합니다. 이 나이가 되어서야 비로소 실패를 부끄럽지 않게 생각할 수 있게 되었거든요. 여전히 실패는 두렵고, 싫습니다. 가능한 경험하고 싶지 않죠. 지금은 실패를 온전하게 받아들이고, 거기서 빨리 빠져나올 수 있는 저만의 방법을 찾았어요.

우리 인생에 똑같은 일은 없다는 것. 그러니 죽을 때까지 매일 다른 삶을 사는 거라는 것. 오늘의 실패가 내일의 나를 방해하게 하지 말자는 것. 그렇게 살다 보면 어느 순간 나를 스페셜리스트와 제너럴리스트를 뛰어넘는 멀티 플레이어로 만들어줄 거라는 희망. 저는 이런 희망을 동력 삼아 매일 충실히 살고자 다짐합니다.

당신은 오늘 어떤 하루를 보냈나요?

발칙한 커뮤니케이션

Part 2

정답이 필요한 게

아니란 걸 알아

나를 인정하는
방법에 관하여

9

20대였던 때를 잠시 회상해보겠습니다. 저는 그야말로 옛날 자기계발서에나 볼 법한(사실 대단한 것도 없지만) 비장한 선언마냥, 엄청나게 열심히 살았다고 말할 수 있습니다. 노력은 배신하지 않고, 내가 실패했다면 그건 그만큼 노력하지 않았다는 것이고, 안 되더라도 끝까지 노력해야 후회가 없으며, 될 때까지 하다 보면 이루지 못할 것은 없다 정도로 그 시절을 압축할 수 있겠네요. 듣기만 해도 숨이 턱 막히죠?

갑자기 거리감이 확 느껴지는 건 아닌지 걱정이 됩니다만, 그때는 그랬어요. '열심히' '노력' '안 되면 되게 하라' 뭐 이런 말들을 인생의 모토motto처럼 여기던 사람들이 지배하던 세상이었달까요. 오늘날 제가 있기까지 이런 모토들의 역할을 부인할 수는 없습니다. 저는 확실히 엄청나게 노력하는 인간이었으니까요. 지금도 사실 그다지 변하지는 않았어요. 그렇게 엄청나게 '노오력'한 저는 이루고 싶은 걸 다 이루었을까요? 원하는 모든 걸 그 노력이 가져다줬을까요? 당연히, 아닙니다. 저는 그토록 선망하는 그 무엇이 되지 못했어요. 미스코리아도, 소설가도, 배우도…. 지금은 그저 숱한 직업을 거쳐 한 남자의 아내로, 두 아들의 엄마로, 대학에서 학생들을 가르치는 선생, 글을 쓰는 칼럼니스트로 살아가는 여자일 뿐입니다.

저를 규정하는 너무도 평범한 수식어를 위해 평범하지 않게 살아왔어요. 누구나 그럴 거예요. 남들이 보기엔 그저 대수롭지 않은 평범한 인생. 그렇지만 당사자는 그 평범함을 위해 어떤 희생을 치렀을지 모를 일입니다. 우리는 이 사실을 잊거나, 모른 체하고 살죠. 너의 평범함은 '별 것' 아니고, 나의 평범함은 '별 것'이라고.

정답이 필요한 게 아니란 걸 알아

저는 그렇게 노력이 지배하고, 높은 가치로 칭송받고, 통하는 세상을 관통해왔습니다. 그게 바로 저라는 사람을 이루는 요소였어요. 자신감이 떨어질 때, 스스로 보잘것없이 느껴져 나를 사랑하는 마음이 바닥났을 때, 도무지 뭘 어떻게 해야 할지 알 수 없을 때, 그럴 때마다 저는 열심히 노력했어요. 아는 것도, 할 줄 아는 것도 없을 때는 그것만큼 좋은 방법이 없거든요. 제 주위 2030 젊은 여성들에게 최근 이런 말을 연거푸 들었어요. "내가 뭘 하고 싶은지 나도 잘 모르겠어요."

솔직히 말하자면, 처음에 저 말을 들었을 때는 안타까움이 지나쳐 화가 났었죠. 아닙니다, 오지랖에 오버라는 거. 제게 저 말을 한 여성들은 하나같이 똑똑하고 예쁜 사람들이었어요. 게다가 젊기까지 하죠. 저는 이미 그런 시절을 지나와서 그런 걸까요? '뭘 하고 싶은지 모르겠으면, 찾을 때까지 노력해봐!'라는 말이 목구멍까지 올라왔지만 참았습니다. 그 정도 분별력은 있으니까요.

잘 모르겠다는 말을 들었을 당시에는 그들에게 시원한 이야기를 해주지 못했지만, 지금은 들려주고 싶은 말이 있습니다. 내가 뭘 원하는지, 하고 싶은 게 뭔지, 앞으로 어떻게 살아야 할지 막막하지만 찾고 싶다면 '나다움'이 뭔지부터 고민해보라고 말입니다. 내가 어떤 사람인지 아는 일이 생각보다 쉬운 게 아니더라고요. 운 좋게도 저는 늘 좋아하고, 하고 싶은 게 많은 사람이었습니다. 비교적 나라는 사람에 대해 깊이 생각하는 편이고 또 잘 알고 있더라고요.

아직도 막막하죠? 그렇다면 내가 좋아하고, 싫어하는 게 뭔지 목록을 작성해보는 일부터 시작해보세요. 처음에는 가볍게 써 내려가도 예상보다 골몰해야 할 거예요. 그 리스트는 당신이라는 사람의 취향과 신념, 세계관을 반영하는 씨앗입니다. 얼추 목록의 양이 찼다 싶으면, 이제 목록의 키워드들로 짧은 문장을 만들어보세요. 이를테면, 싫어하는 목록에 냉면이 있다면 "나는 중학생 때 냉면을 먹고 체한 이후로 절대 먹지 않고, 싫어한다." 이런 식으로 내용이 어떻든 그냥 문장을 만든다고 생각하면 됩니다. 그러다 보면 점차로 나를 설명하는 단어와 문장이 풍성해지면서, 다른 사람과는 다른 나다운 나라는 주제에 대한 형태가 잡힐 거예요.

정답이 필요한 게 아니란 걸 알아

노력을 무조건 칭송하고, 조장하는 분위기를 '극혐'하는 시대라지만, 별 뾰족한 수가 없을 땐 그것만 한 게 없다는 걸 기억하시기를. 그저 내가 어떤 사람인지 알아가는 '노오력'만으로 나다움을 회복하고, 내가 좀 더 친근하게 느껴질 겁니다. 거기서부터 시작하지 않겠어요? 뭘 하고 싶은지, 어떻게 살아야 할지.

긍정의 힘보다, 인정의 힘

태생적으로 밝고 긍정적인 편이라고 생각하는 저도 때로 우울감에 시달립니다. 길게 쌓아두지 않으려 하고 가능한 감정의 피드백을 바로바로 표출하는 편인 저와 같은 유형의 사람조차 그렇다면, 저와 반대 성향을 가진 사람들은 훨씬 힘들 거라는 생각이 들어요.

가히, 우울증의 시대라고 할만합니다. 국가 정신건강현황 보고서에 따르면 우리나라는 OECD 국가 중 정신질환으로 인한 자살 사망률이 2위이며, 환자의 치료 비율이 매우 낮다고 합니다. 국내

정답이 필요한 게 아니란 걸 알아

우울증 환자 수는 2018년 기준, 70만 명 이상으로 한국인 사망원인 중 5위로 나타나고 있으며 20~24세 젊은 세대에서도 우울증 환자 수가 급격하게 증가하고 있습니다.

우울감과 우울증을 구별하는 가장 쉬운 방법은 환경 변화로 인해 증상이 개선되는지를 확인해보는 거라고 합니다. 우울하지만, 친구를 만나거나 맛있는 음식을 먹거나 반려동물과 함께 시간을 보내고 나니 기분이 나아진다면 단순한 우울감이라고 볼 수 있다는 거죠.

이런 정의에 따르면 저는 생활에서 가벼운 우울감을 느끼며, 기분이 전환되는 다양한 방법을 알고 있는 사람입니다. 그러나 우울감을 수시로 느끼는 이들에게 아무리 좋은 얘기를 퍼부어도 달라지는 일은 없습니다. 각자가 진 십자가인 셈이죠. 함께 만나서 이야기를 들어줄 수는 있지만, 그뿐입니다. 우울한 친구의 손목을 끌고 억지로 해를 쏘이게 할 수는 있어도, 그 정도입니다. 도움을 받는다 해도 이겨내고, 빠져나오는 건 오직 그의 몫입니다.

우울로 병원 진료나 약을 복용하는 사람이 늘고 있습니다. 상담사와 주기적으로 만나 상담을 받는 주변인이 제 주변에도 점점 늘고 있습니다. 결코 가볍게 생각한 건 아니지만, 한때 이런 이들에게 주제넘은 조언이나 적합하지 않은 응원을 보낸 적이 있었습니다. 긍정의 힘을 설파하면서 과도한 지지를 보인 적도 있었고요. 그렇지만 우울이란 것이 그렇게 단순하게 활력을 불어넣으면 해결되는 문제가 아니란 것을 저는 이제 압니다.

그들을 억지로 이해하려 하고 긍정으로 교화한다는 어쭙잖은 생각 대신, 있는 그대로 인정을 하고자 마음을 고쳐먹었습니다. 우울하다고 해도 그들은 여전히 제 친구, 후배, 선배, 제자이니까요. 우울하지 않은 사람하고만 교류할 수도 없고, 우울하지 않을 때만 만날 수도 없습니다. 우울한 상태여도 그들은 여전히 제게 소중한 사람들입니다.

인정, 즉 '확실히 그렇다고 여김'. 대상을 있는 그대로 받아들이는 마음은 명쾌한 사전적 정의처럼 쉬운 일이 아닙니다. 나도 나를 이해하기 어려울 때가 많은데 타인을 알기란, 이해하기란, 인

정답이 필요한 게 아니란 걸 알아

정하기란 얼마나 어려운 일일까요. 그래서 저는 '인정'하는 일부터 시작하기로 했습니다. 실체가 모호한 긍정보다는 때로 단순하게 인정하는 일이 필요한 순간도 있습니다.

젊음을 오래 유지하는
비결

1. 저녁 8시 이후에는 음식을 섭취하지 말라

2. 자외선 차단제를 거르지 말라

3. 취미를 가져라

4. 소식하라

5. 일찍 잠들고 일찍 일어나라

6. 좋은 친구를 곁에 두라

7. 하루 15분씩이라도 운동하라

많이 들어본 내용일 겁니다. 젊고 건강하게 살기 위한 몇 가지

정답이 필요한 게 아니란 걸 알아

비결 같은 거 말이에요. 너무 쉽죠? 누구든, 언제라도 할 수 있어 보일 만큼, 만만해 보입니다. 그래서 간과하는 걸까요?

적게 먹으면서 너무 늦게까지 뱃속을 채우지 말라는 건, 일찍 잠드는 일과 연결되겠죠. 취침 시간이 빠르면 자연히 기상 시간도 당겨집니다. 나이 들어서는 머리숱 많은 사람과 피부 좋은 사람이 승자라는 우스갯소리가 있는 만큼 기본적인 피부관리를 위해서는 자외선 차단제가 필수겠죠. 또한, 평생 할 수 있는 취미와 운동은 어쩌면 나이 들어가면서 가장 좋은 친구일지도 모릅니다. 몸 건강과 정신 건강에 좋은 건 두말할 것도 없고요.

그렇다면, 좋은 친구를 곁에 두라는 건 무슨 뜻일까요? 믿을 수 있고, 취향도 맞으며, 생각도 말도 잘 통하는 친구를 말하는 걸까요? 저는 그것보다는 좀 더 포괄적인 인간관계에 대해 말하고 싶습니다. 일생에 걸쳐 우정을 나눌 수 있는 친구란 좀처럼 만나기 힘듭니다. 생각보다 훨씬 어려운 일이에요. 한때 못 보면 죽을 듯 붙어 다니던 단짝 친구도 서로 생활이 달라지면 멀어지기 일쑤입니다. 하지만 상황에 따라 새로운 친구가 생기기도 하더라고요.

그렇게 계속 만나고 멀어지고 때론 헤어집니다. 저는 '좋은 친구'란 서로 즐거운 한때를 보내는 주변인이라고 정의하기로 했어요. 오랜 친구가 반드시 좋은 친구란 생각을 버렸습니다. 우리 기억에는 늘 함정이 도사리고 있어요. 오래된 게 좋은 거라고 말이죠. 우연히 오늘 알게 되어 몇 시간 즐겁게 보냈다면 그것으로도 당신은 나의 좋은 친구. 그걸로 됐다고 생각합니다. 우리는 구분 짓는 데 익숙하죠. 좋은 사람을 반드시 평생 곁에 둘 필요도 없고, 맘에 안 드는 상대를 반드시 멀리할 필요도 없어요. 관계가 아니라 상황이 나를 변하게 할 때가 종종 있거든요.

당신이 인생을 살아가면서 만날 사람은 지금껏 만난 사람보다 훨씬, 생각하지도 못할 만큼 많을 거예요. 모든 사람과 일대일로 유의미한 관계를 맺을 순 없습니다. 인간관계도 선택과 집중이 필요해요. '나와 이렇게 친했는데, 이젠 연락도 없구나…' 슬퍼하지 말아요. 섭섭함이나 쓸쓸함조차 갖지 말고요. 관계에도 유통기한이 있습니다. 그저, 저 사람과는 이 정도구나 생각하세요. 적어도 저는 그런 자기방어가 힘이 되었어요.

정답이 필요한 게 아니란 걸 알아

소식하고, 일찍 자고, 운동하고, 취미도 가지고⋯. 다 좋은데, 저는 역시 친구가 건강과 젊음의 비결 중 으뜸이라고 생각합니다. 우리는 혼자 살 수 없는 존재잖아요. 어제 나와 함께 점심을 먹은 제자, 오늘 오후에 아파트 단지에서 마주친 이웃, 몇 년 만에 약속을 잡고 만나기로 한 동창생, 모두 제게는 더없이 좋은 친구입니다. 만나고 나누고 즐기는 모든 행위가 삶의 활력으로 돌아옵니다. 당신도 '나만의 젊음을 유지할 수 있는 비결'을 만들어보세요.

저는 적어도 앞에서 나열한 저 방법들을 금언처럼 생각하고 있어요. 그래서, 너는 잘 지키고 있냐고요? 물론이죠! 야식 배달을 기다리며 이 글을 쓰고 있다는 건 비밀입니다만.

'내리사랑'의
실제적 허용

비단, 자식에 대한 사랑이 아니라고 해도 '내리사랑'이라는 한국적 개념을 이해하기란 어렵지 않습니다. 나보다 작고, 여린 존재에 관한 관심과 애정이니까요. 아마도 제게 손주가 생긴다면 그때는 좀 더 명확히 이 말의 실체를 체감할 것 같지만요. 내리사랑은 사회생활을 할 때도, 나아가 세대 간에도 통용되는 개념 같아요. 저를 아끼는 선배를 보면 알 수 있거든요. 마찬가지로, 제가 아끼는 후배나 학생들을 보면 더욱 또렷해집니다.

저는 이 내리사랑이라는 개념을 장려했으면 해요. 경험이 부족

정답이 필요한 게 아니란 걸 알아

한 후배에게 또는 다음 세대에게 우리가 가진 괜찮은 것들을 알려주고 전달해주면 좋잖아요. 구세대의 장점을 거부감 없이 알려주면 현세대의 실수를 줄일 수 있을지 모르니까요. 생각해보면 우리 세대는 윗세대로부터 다소 폭력적인 방식으로 그들의 노하우를 전수받았던 것 같아요. 분명 좋은 점인데도 일단 반항부터 하게 만드는, 가슴에 새겨진 생채기는 덤이었던. 그러니 우리는 그러지 말아야죠. 우리는 다음 세대에게 우리가 경험했던 방식 말고, 더 바람직한 방식으로 다가가야죠.

그렇다고 나이 어린 후배나 젊은 친구들을 자식 보듯이… 이런 거, 아닙니다. 제 자식도 감당이 어려운데 누굴 자식처럼 대하겠어요. 나이를 떠나 서로의 경험을 존중하고, 소통을 통해 생각을 주고받으며 갈등을 줄여가는 정도로 우선은 충분하지 않을까요. 말처럼 쉽지는 않은 듯합니다. 가끔은 저도 속이 부글대면서 나이로 '찍어누르고' 싶은 욕망이 일게 하는 후배를 만나니까요. 서로 존중하자는 말에는, 당연히 너와 나라는 의미가 전제되어 있습니다. 꼰대처럼 구는 선배에게 마냥 공손하기 어렵고, 불만 많은 후배에게 늘 따뜻하기도 쉽지 않습니다. 그렇지만, 내리사랑!

먼저 다가가는 어른이 되리라 다짐해봅니다. 누군가는 먼저 손 내밀어야 하잖겠어요?

　나이를 떠나 서로의 경험을 존중하고, 소통을 통해 생각을 주고받으며 갈등을 줄여가는 정도로 우선은 충분하지 않을까요.

정답이 필요한 게 아니란 걸 알아

마
음
의
상
처

당신만 '마상' 입는 거 아닙니다.

당신만 아픈 거 아니에요.

제가 생불이라도 된답니까?

그저 제가 만만한 거죠.

상처받았다는 당신의 말에 상처받는 저도 있어요.

거, 별 것 아닌 일로 '마상', '마상' 해대지 맙시다!

오빠가 네 인생을
책임져주진 않아

유명 1세대 아이돌이 자신의 팬에게 했다는 말을 듣고 한참을 웃었던 기억이 있습니다. 폐부를 찌르는 말이었죠. 아무리 애정을 쏟고, 마음에 두고 늘 생각하는 상대라고 해도 말이죠. 그렇습니다, 누구도 내 인생을 책임질 수 없습니다. 책임지는 사람이 있다면 그건 오직 나 자신뿐입니다.

사랑하는 대상에 몰입하는 건 당연합니다. 그러나 과몰입은 언제나 위험 요소를 갖습니다. 가족이나 애인과도 일정한 거리감은 필요합니다. 친구나 일도 마찬가지죠. 과몰입하는 순간 내가 사

정답이 필요한 게 아니란 걸 알아

라지기 시작합니다. 내가 좋아하고 원해서 빠진 건데 내가 사라지다니! 그러니 어떤 대상이든 간에 나를 훼손하지 않고 지키는 거리감이 필요합니다. 우리가 좋아하는 대상을 통해 얻고자 하는 건 나 자신의 행복과 즐거움이니까요.

서운함은 서운함에서
끝내기로

혼자 잘해줘 놓고 섭섭해하지 말자!

말로 표현하지도 않았으면서 나처럼 해주기를 기대하지도 말자!

상대에게 느끼는 서운함을 키워서 쓸데없는 미움이나

증오로 발전시키지도 말자!

서운함은 서운함에서 끝내자!

그게 비록 내가 조금 더 손해 보는 기분이라고 해도.

정답이 필요한 게 아니란 걸 알아

;

정답이 필요한 게
아니란 걸 알아

강단에 서면서 그전에는 접할 수 없었던 20대 젊은 여성과 접점이 생겼습니다. 새롭고 즐거운 경험이었죠. 그렇게 알게 된 많은 학생을 통해 이미 제가 오래전 통과해 온 인생의 한 지점을 제법 객관적으로 돌아볼 기회가 생겼습니다. 선생으로서, 인생 선배로서 뭔가 해줘야 한다는 의무감과 해줄 수 있다는 오지랖이 발동합니다.

얼핏, 고만고만하고 비슷해 보이는 그들의 고민에 처음에는 무턱대고 '노력'이라는 만능 키를 집어넣으려 했습니다. 저는 오로지 노력으로 살아온 사람이었거든요. 그것으로 인생의 많은 성취를 이뤘고, 노력의 또 다른 명제였던 '거부하는 것에 대한 수용'으로 여러 문제를 해결했습니다. 어느 순간, 이들의 고민에 제 만능키가 능사는 아닐 수 있겠다는 생각을 새삼 하게 됐어요. 성격이 급하고 문제는 바로바로 해결해야 하는 저에게, 고맙게도 마음을 열고 고민을 털어놓는 청춘들을 위해 저는 해결 방법을 알려주고 싶었어요. 그것도 가장 효과적인 방법을요. 그게 아니라면 제 역할을 제대로 하지 못하는 거라 생각했죠.

그런데 하나둘, 만나서 이야기 나누는 아이들이 생겨날수록 제 생각이 반드시 옳은 건 아니라는 생각이 들기 시작했습니다. 이들이 제게 원하는 건 정답이 아니라는 생각이 들었던 거죠. 고민을 해결할 정답은 사실, 누구보다 자신이 잘 알고 있습니다. 친구나 애인과 소통하면서도 얻을 수 있죠. 그런데도 제게 자신의 고민을 털어놓는다는 것은, 조금 다른 걸 얻고자 함이 아니었나 하는 생각이 들더라고요. 바로, 어른의 시선입니다. 처한 상황이나 문제해결에 관한 어른의 의견, 생각 말이죠. 나이 먹었다고 다 어른이 아니지만, 아마도 제가 그들의 선생이고 그다지 권위적인

정답이 필요한 게 아니란 걸 알아

인간이 아니기에 자신의 이야기를 해주지 않았나 합니다.

어느 날 제 작은아들이 이런 말을 하더라고요. 자신이 힘들거나 어려운 문제에 봉착하면 형에게 조언을 구한다고요. 문득, 이런 생각이 들더랍니다. '나는 형에게 문제해결 방법을 묻고 조언을 구하는데, 형은 자신의 문제와 고민을 어떻게 해결할까?' 형에게 물었더니, "나는 부모님께 여쭤봐. 부모님은 나보다 경험이 많고 나를 가장 아끼는 분들이니 최적의 답을 주실 거라 믿으니까." 라고 답해주었다더군요.

아이들은 성장합니다. 청춘도 성장합니다. 어른도 마찬가지입니다. 그들의 고민은 이제 나와는 전혀 상관없는 일이라고 생각하면서도, 조금이라도 도움이 되고자 심리학 서적을 뒤적였던 적도 있었죠. 의욕 과다에 완전히 방향을 잘못 잡은 거죠. 그렇게 시간이 흐르자 제가 조금 달라졌습니다. 정답을 원하는 게 아닌 걸, 이제 알고 있으니까요. 이야기를 들어주고, 내 경험을 조금 들려주는 것만으로도 그들은 크게 기뻐했습니다. 진정성 있는 관심과 작은 조언, 그것이 어떤 길을 가야 할지 고장 난 나침반을 가지고 멀고 먼 자신만의 여행을 이제 막 시작한 그 친구들이 원하는 바가 아닐까요. 나는 단지, 그들보다 조금 더 축적된 삶의 지혜로 덜 고민할 답을 주려 노력할 뿐이죠.

That's it.

오늘 나를 살린 말

고마워요, 감사합니다, 안녕하세요, 사랑해…. 익숙하고 평범하지만 귀한 말들입니다. 생각보다 많은 사람이 말하지만, 또 생각보다 많은 사람이 말하지 않더라고요. 위아래가 유별하고 관계긋기가 선명했던 유교 문화 때문인 것 같습니다.

유독 힘든 날이 있습니다. 바깥에서 탈탈 '털리고' 집에 들어온 날은 정말이지 내 편이 간절합니다. 외모가 눈에 띄는 편이고, 성격도 외향적이라 저는 대체로 어딜 가든 처음에는 사람들이 기억해주고 '튄다'고 말하는 사람입니다. 어색함을 못 견뎌 이야기를

주도하는 편이고, 정리한다거나 결론을 내려야 하는 일에서 몸
사리지 않는 편이죠. 그래서인지 저에 대해 오해하는 사람도 많
고, 저도 어느 순간 튀어야, 아니 내 색깔을 분명히 드러내야 한다
는 강박이 생겼던 것 같아요. 한참 뒤 저에 대한 뒷말이 도는 것을
알게 되었어요. 돌고 돌아 제 귀에까지 들어온 거죠. '첨에 봤을 땐
뭐 엄청 대단한 줄 알았는데, 두고 보니까 별것도 없네. 평범하네.'
라는 말이었어요. 아니 뭐 내가 언제 대단하다고 했나. 자기 혼자
그렇게 생각해놓고는.

　　그 외에도 여러 이야기가 있었지만, 제 귀에 꽂힌 말은 평범하
다는 것이었습니다. '평범? 내가?' 제가 왜 그다지도 평범이라는
말에 반응했는지 그때는 잘 몰랐어요. 우선 그때는 제 뒷말이 돌
았다는 사실에 마음을 진정시키려 했으니까요. 그 후, 그 일에 대
해 차분하게 생각하다가 나름의 결론을 얻었습니다. 저는 평범하
다는 뜻을 폄하하고 있었던 거예요. 남과는 다르고 튀어야 한다
는 쪽에 더 좋은 가치를 부여하고 있었던 거죠. 그런 사람이니 평
범하다는 (물론 제게 평범하다고 했던 사람도 분명 저처럼 평범의 가치를
폄하한 것 같습니다만) 평가가 내내 찜찜하게 꽂혀있었던 거죠.

정답이 필요한 게 아니란 걸 알아

언제부터인가 우리는 평범을 평가절하하지는 않았나 생각해 봅니다. 지금 2030에게는 호랑이 담배 피던 시절인 1990년대 '오렌지족'이 등장하면서, 우리 사회에 획일화를 지양하고, 다양성을 추구하자는 목소리가 나오기 시작했어요. 그때부터였던 것 같아요. 난 남들과 달라, 나는 타인과는 다른 가치관을 추구해, 난 나만의 길을 가겠어, 평범은 사양 등 지금 보면 손발이 오그라드는 생각일 수 있지만, 어찌 되었든 그때는 그랬어요. 거기다 저는 외모부터 튄다는 이야기를 들으며 자랐기에 평범하지 않다는 일종의 '부심'이 있었던 것 같아요. 그러니 평범하다는 말을 이렇게 파고들며 생각하고 있는 거겠죠.

최근 재미있는 말을 알게 되었어요. '슈퍼 노멀'. 말 그대로 '왕 평범'하다는 의미겠죠. 튀지 않고, 밋밋하고, 색깔 없음도 하나의 특색이라는 뜻일 겁니다. 그러고 보니까 제 개성, 제 색깔이 무엇인지 저도 잘 모르겠더라고요. 남과 다르다는 점만 중요하게 생각했지, 막상 남과 다른 그 무엇이 뭔지에 대해서는 고민해본 적이 없더라고요. 그러면서 평범하다는 말이 왜 그리 걸렸는지 모르겠어요. 요즘 많이 이야기하는 '슈퍼 노멀', 저로서는 재미있고 신기하면서 바람직한 개념이라는 생각이 들었습니다.

 "평범하면 어때. 튀는 사람이 사방에 넘쳐나는 세상에서 오히려 평범함이야말로 '희귀템' 아냐?" 남과 다르고 튀기보다는 내가 어떤 사람인지 잘 알고, 나를 온전히 이해하는 게 중요하다고 생각하기에 이른 것이겠지요. 지금에 와서 제가 '슈퍼 노멀'이 될수도, 되려고 할 수도 없죠. 그건 명백히 제 색깔은 아니니까요. 다만, 그간 우리 세대가 멋대로 정의 내린 평범함의 오해를 풀고 다른 시선으로 바라보았으면 좋겠습니다. 이미 현세대가 그렇게 하고 있는 것 같지만 말이에요. 평범이든 슈퍼 노멀이든, 세상이 자신에게 부여한 정의 말고 자신만의 대표 언어를 만들었으면 좋겠어요. 그게 진짜 자신을 이해하고 인정하는 방식 아닐까요.

정답이 필요한 게 아니란 걸 알아

'말아톤',
짜릿한 경험

피를 토하는 심정, 숨이 가파르고 다리에 쥐가 나는 느낌.

달리면서 계속 생각합니다. 왜 시작했을까.

고지가 저긴데 에서 중단할 수는 없다.

인생은 마라톤이라 했지.

그렇다면 빨리 출발할 필요 없어. 늦어도 돼.

마라톤은 누가 포기하지 않고 오래 달리는가의 문제야.

인생은 속도가 아니라 장력張力이야.

버티는 힘, 그게 순위를 정해.

정답이 필요한 게 아니란 걸 알아

거부하는 것에 대한
수용

등산을 가장 싫어했어요. 첫째, 등산복이 마음에 안 들었거든요. 전지현도 아닌데 투박한 등산화에 우중충한 등산복을 소화할 자신이 없었습니다. 등산복은 왜 울긋불긋 촌스러운 건지. 둘째, 어차피 내려올 거 왜 힘들게 오르지? 셋째, 오래 걸리면서 숨이 찬 운동은 끔찍했어요.

등산 마니아인 친한 언론사 선배에게 물었어요. "등산이 뭐가 좋아요?" "올라가 보면 알아. 너처럼 글 쓰는 사람은 되도록 다양한 경험을 해야 해. 자기가 경험하지 않고 산에 대해 말할 수 있겠어?"

그해, 제 목표는 '거부하는 것에 대한 수용'이었습니다. 끔찍하게 싫어하는 것부터 수용하기로 결심했죠. 대학원 등산동호회에 쫓아가고 선배도 따라 다녔어요. 지금도 등산은 별로예요. 힘들고 숨차고 땀나고 다리 아프거든요. 예쁜 등산복을 아직도 못 찾았다고 변명하면서. 그렇지만 산에 오르는 사람들의 마음은 알게 됐어요.

정상에 오르면 세상이 보여요. 산 아래서 봤던 세상과 다른 세상입니다. 눈으로 읽는 세상이 아니라 가슴으로 보는 세상이죠. 정상에 오르면 땀 흘린 수고를 한 줄기 바람이 위로합니다. 말로는 설명할 수 없어요. 아주 잠깐의 호사가 꿀맛이라면 이해하려나. 사람들은 각자 다른 목적으로, 다른 마음가짐으로 산에 오릅니다. 나는 오로지 하나만 생각해요. 등산은 인생이라고. 결국 내려오게 돼 있다고.

다 내려놓자. 부질없다.

요즘 노랫말

아이돌의 엄마이기에 가능하면 유행하는 노래 정도는 익혀두려는 편입니다. 그렇더라도, 워낙 최신 유행가에 대해 관심이 많은 편이 아니어서 잘 안다고는 할 수 없어요. 감성이 극대화될 때, 그제야 비로소 시가 읽히고 노랫말이 이해가 된다고들 하죠. 그래서 연애를 하고, 실연하고…. 그렇게 유행가의 가사가 내 이야기가 되나 봅니다.

사실 요즘 노랫말이 제 귀에 들어올 리가 없어요. 무슨 말을 하는지 잘 모르겠거든요. 그래도 참 많이 달라졌다는 건 알 수 있어요. '내가 바람피워도 너는 절대 피지 마'라고 하는 남자보다는 '내가 나일 수 있게 자유롭게 두고 멀리서 바라보는' 남자가 낫다고 노래한다는 것 정도는 말이에요.

아, 이것도 요즘 노랫말은 아닌가요?

정답이 필요한 게 아니란 걸 알아

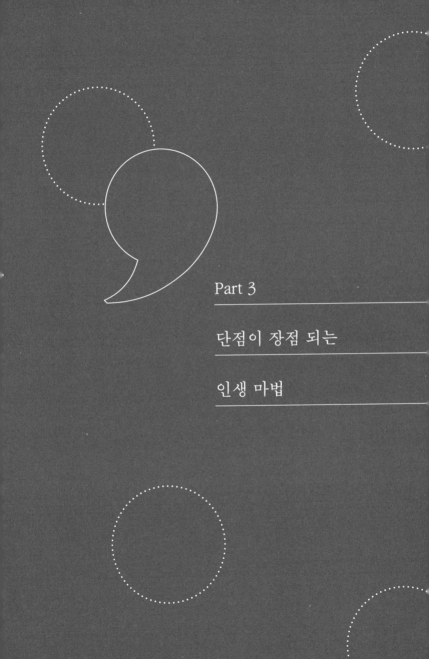

Part 3

단점이 장점 되는

인생 마법

도망쳐도 돼

'열심'의 가치를 신봉하는 저로서는, 여간해서는 이런 말을 하지 않습니다. 그렇지만 때로는 도망치고, 뒤로 물러서고, 끊어내야 할 때도 있는 듯합니다. 특히 인간관계에서 말이에요. 섣부른 일반화는 위험하지만, 저는 보통 힘든 관계를 끊지 못하고 이어나가는 사람들이 성실하고 마음 약한 경우를 많이 봤어요. 이유 없이 나를 괴롭히는 선배나 상사, 나를 얕잡아 보고 무시하는 친구 그리고 처음부터 단추가 잘못 채워진 듯한 가족과의 관계 등.

만나야 상처뿐인 이러한 관계, 대체 뭐가 문제인 걸까요. 왜 나는 그 관계에서 벗어나지 못하는 걸까요. 대체로 이런 관계의 역학을 보면, 상처 주는 포식자는 문제를 인지하지 못하기 일쑤입니다. 도리어 문제가 상대에게 있다고 말하기도 하죠. 생각보다 상처만 주는 관계를 이어나가는 사람이 많습니다. 이보다 더 안타까운 것은, 이런 이들 중 상당수가 상대를 이해하기 위해 노력하고 자책한다는 사실입니다.

저는 그런 사람들에게 이렇게 말해주고 싶어요. "오직 너만 생각해."라고요. 구구절절한 사연이나 비하인드 스토리는 배제합시다. 그저 관계의 현상, 당신 마음의 상태만을 놓고 이야기하자고요. 당신의 마음이 어떤지 말이에요. '이리 치이고, 저리 치여도 나는 괜찮은데?' 하는 사람이야 스스로 마음을 다스릴 수 있는 능력자일 테니 무슨 문제가 있겠습니까. 방법을 궁리해 최선을 다하고, 상대편에 서서 배려하고 이해해보려 노력했음에도 관계의 시소가 평형이 아니라는 사실을 받아들이기 힘든 사람. 내 쪽이 아니라 저쪽으로만 무게중심이 쏠려 있어서 항상 내가 맞추어야 하는 사람. 무엇보다 배려하고 아꼈음에도 늘 상대로 인해 마음의 상처를 받는 사람들에게 이 말을 해주고 싶어요. 도망쳐도 돼요.

단점이 장점 되는 인생 마법

그것이 친구든 가족이든 간에 말이에요.

세상에서 가장 소중한 건 나 자신이에요. 나를 아끼는 일에서 타인을 향한 배려와 애정도 나올 수 있는 거예요. 우리는 정작 가장 소중한 나는 팽개치면서 남에게 맞추고 남을 이해하려 노력합니다. 그러는 동안 가장 상처받는 건 '나'인 걸 모르는 채 말이에요. 저 또한 귀하고 아끼는 관계에서 여러 번 그런 경험이 있었어요. 그럴 때마다 저는 관계를 해치지 않으려 더 '열심히' 노력했죠. 자기 자신을 돌보지 않은 채 말입니다.

어쩌면 저는 사람을 잃는다는 것, 인간관계를 정리한다는 것을 일종의 '실패'로 받아들였던 것 같아요. 포기하지 않고 최선을 다해 진실로 대하면 언젠가는 반드시 관계가 좋아질 것으로 여겼죠. 하지만 마음이 편치 않은 관계라면 그리고 그런 감정이 지속해서 반복된다면, 그건 내가 아니라 상대에게도 문제가 있는 거예요.

도망치는 것이 나를 위한 가장 좋은 방법이 되는 때가 있더군요. 당신은 이미 그 관계에 최선을 다했을 것이고, 많은 시간 상대에 대해 고민하면서 스스로 되돌아봤을 거예요. 그걸로 됐습니다. 그것만으로도 당신은 좋은 사람이에요. 모든 것에 시작과 끝이 있다고 하죠. 관계에서도 마찬가지입니다. 새로 시작하는 관계가 있듯이, 마침표를 찍어야 하는 관계도 있습니다. 오직 나에게만 집중해서 생각해봐야 할 필요도 있어요. 끊어내고 정리를 해야 다음 장을 써 내려갈 수 있을 거예요. 그래야 내게 소중한 관계가 더욱 의미 있음을 깨닫고, 진정으로 집중할 수 있을 겁니다.

내 감정에 귀 기울이고 그것을 행동으로 옮기면서 자신이 더욱 소중함을 느낄 거예요. 그리고 스스로 자랑스러울 겁니다. 관계를 정리하는 일을 두려워하지 마세요. 부정적인 감정만 촉발하고, 늘 뭔가 아쉽고 허전한 마음이 일게 하는 인간관계만큼 안 좋은 건 없습니다. 때로는 나를 위한 도망이 필요한 순간이 있어요. 어쩌면 진정으로 독립적인 인간이 되는 방법은 관계에 의지하지 말고 관계를 이끄는 기술부터 시작하는 것인지도 모르겠네요.

거부한다, 고로 나는 소중하다!

단점이 장점 되는 인생 마법

열등감과
동경

과거, 권력을 가진 자가 정보를 사유화했던 때에는 가능하지 않았을 일이 현재에는 만연합니다. 이제 완벽하게 통제되는 정보는 없는 듯 보이고, 쏟아지는 정보는 제공자와 수요자가 쌍방향으로 가공할 수 있게 되었습니다. 무엇보다 소셜미디어는 이러한 정보를 즉각적으로 퍼다 나르고, 정보에 대한 의견을 만천하에 펼칠 수 있게 도움을 줍니다.

그러다 보니, 몰라도 될 정보들도 차고 넘쳐서 우리는 연예인과 스포츠 스타의 수입을 알게 되었으며 정치인 누가 몇 채의 집을 소유하고 있다고까지 알고 있습니다. 문제는 이러한 과정에서 상대적 박탈감의 평준화가 이루어진다는 것입니다. 누구나 상대적 박탈감을 느끼고, 또 평범한 사람이라도 상대적 박탈감의 비교 우위 대상이 될 수 있습니다. '열등감의 시대'라고 말할 만합니다.

열등감은 동경과 한 몸입니다. 동경의 대상이 언제 열등감 상대로 변모할지 모릅니다. 어떤 것을 간절히 그리워하고 그것만을 생각하는 순수한 마음이 어떻게 스스로를 남보다 못하거나 무가치한 인간으로 낮추어 평가하는 감정으로 바뀔까요? 그렇지만 동경하는 대상에 대한 과도한 자기투영이나 몰입은 때로 자기기만이라는 모순을 낳습니다.

그렇게 되면 동경은 열등감이라는 괴물로 가면을 바꿔 씁니다. 대체로 유명인에 대한 양상이 많기는 하지만, 우리 일상에서 주변인에 대한 열등감도 심심치 않게 볼 수 있습니다. 아닌 척 점잖은 척했지만 실은 저도 동경이 열등감으로 변한 경험이 있습니다. 따르고 싶고 배우고 싶었던 점을 가진 사람에 대해 어느 순간 신나게 '불평'하고 있더라고요. 퍼뜩 정신을 차렸을 때는 이미 늦

단점이 장점 되는 인생 마법

었죠. 말이란, 생각하지 않으면 잉태되지 않는 생명체와 같아요. 그러고 나서 생각을 해보았습니다. 대체 왜 그랬을까.

인터넷상에서 크게 유행하면서 이미 정착한 개념이 하나 있죠. '열폭' 말입니다. 열등감이 도를 넘어 폭발할 지경이 되는 것이죠. 저는 스스로 자존감이 낮지 않다고 자부했습니다. 그렇지만 그건 일정 정도 착각에 기인한, 나보다 '잘난' 사람이 주위에 없을 때 얘기더라고요. 저도 나보다 잘난, 그것도 범접할 수 없이 '넘사벽'으로 잘난 사람을 보면 자동 비교가 되고, 자기방어 기제가 발동하면서, 나를 낮추기 싫으니 상대에게 화살을 돌리고 있었습니다. 열등감이란 스스로를 무가치하다고 생각하는 마음인데, 열등감의 원인을 저에게 돌리고 인정하고 싶지는 않으니 나 대신 다른 대상을 찾았던 거죠.

알프레드 아들러는 이런 말을 했습니다. "인간은 누구나 완전하지 않은 존재로 태어났으며 열등한 상태에서 벗어나려는 욕구를 가지고 있다." 열등감이 없는 사람은 없습니다. 우리는 신이 아니니까요. 그러나 그 열등감 콤플렉스가 되어 '열폭'에 이르게 하지는 않았으면 해요. 그런 부정적인 감정이 심화될수록 내가 나를 돌아보지 않고, 인정하지 않는다는 뜻이 될 뿐이니까요.

그래서 저는 타인이 아닌 '나'에 집중하기로 마음을 고쳐먹었습니다. 나를 아끼고, 내가 좋아하는 것을 하며 살기도 쉽지 않은 세상에서 지나치게 남에게 중심을 두지 않았나 하는 반성 때문이에요. 부족하고 아쉬운 점을 남 탓하기는 쉽죠. 그저 앉아서 떠들기만 하면 되니까요. 그런데 이런 일은 중독성이 있어서 맛 들이면 빠져나오기 쉽지 않아요. 심지어 점점 심해지죠. 대단히 좋은 인간으로 살겠다는 결심을 하지 않는다고 해도, 누구나 해악을 끼치는 인간이기를 원하지는 않잖아요. 무엇보다 남보다는 나를 아끼는 일이 우선되었으면 합니다.

그 누구도 나보다 나를 아끼고 사랑할 수는 없으니까요.

단점이 장점 되는 인생 마법

당신에게
연애를 권합니다

사랑도 연애도 관계의 연장선이라고 보면

자신을 키울 수 있는 좋은 테스트일 수 있어요.

가족과 친구 이외에 깊은 감정과 생각을

나눌 수 있는 존재는 분명 개인의 성장에 밑거름이 될 테니까요.

그것이 제가 당신에게 연애를 권하는 이유입니다.

단점이 장점 되는 인생 마법

아프니까,
비교하지 마

엄마에게는 비교하지 말라고 하면서, 왜 자신은 끊임없이 타인과 비교합니까! 자기 눈에 잘나 보이는, 이미 날 앞질러 잘 나가고 있는 듯 보이는 사람과 비교하지 마세요. 아프기만 할 뿐, 인생에 도움이 되지 않습니다. 당신은 당신입니다. 당신 자신으로 바로 서고, 빛날 수 있어요. 그 길이 평탄하고 수월하면 좋겠지만, 그렇지 않기에 자꾸 작아지고 자동으로 남과 비교가 되는 것이겠죠. 그 마음은 충분히 이해합니다.

저도 때때로 그런걸요. 그 감정이 긍정적으로 작용해서 성장

동력이 되면 좋겠지만 십중팔구 자신을 비하하고, 환경을 탓하며, 도전을 멈추게 하는 부정적인 요인으로 작용하더군요. 그러니 비교하지 말아요. 적어도 비교하려는 생각을 멈추려고 노력해보세요. 타인과 자신을 비교할 바에 자신의 장점을 하나라도 더 찾아보기를 권합니다.

그렇게 작은 것부터 자기를 긍정하고 자존감의 밑바탕을 다지세요. 내 약점과 상처를 덮는 일도 필요할 때가 있습니다. 그렇지만 인생은 그렇게 호락호락하지 않아서, 언젠간 꼭 그것을 마주해야 다음 스텝으로 넘어갈 수 있더군요. 타인에게 향한 시선을 자신에게로 돌리세요. 살아보니 그편이 훨씬 이롭고 생산적이더라고요.

단점이 장점 되는 인생 마법

'올'로 사는 법

　살면서 많은 '또라이'나 '사이코'들을 만나고, 내가 노력하고 잘하는 것과는 상관없이 '갑질'을 당하는 때도 있을 겁니다. 그럼에도 나를 지키는 일이 가장 중요하다는 것. 열심히, 성실하게, 룰을 잘 지켜왔다면 당당해야 한다는 것.

　그것이 자신에게 미안하지 않은 일인 것 같습니다. 타인에게도 그렇지만 무엇보다 자기 자신에게 미안할 일을 만들지 말아요. 세상에서 가장 소중한 존재는 바로 '나'이니까요.

자기연민과 과몰입을
경계할 것

어느 날 가족과 외식을 하면서 문득 이런 생각이 들었습니다. 가족 구성원 하나하나의 식습관과 좋아하고 싫어하는 음식에 대해 잘 알고 있는데, 내가 뭘 먹어야 할지에 대해서 머릿속에 떠오르는 게 하나도 없을 때였어요. '가만있자, 내가 뭘 먹고 싶지? 어떤 음식을 좋아했더라?' 스쳐 지나가는 생각이었지만, 적잖이 당황했던 기억이 있습니다. 물론 그 반대의 경우도 있죠. 내가 잘 알고 있다고 생각한 가까운 사람들의 취향에 대해서 실은 아는 게 없다는 사실을 알게 된 경우요.

사람이 사람을 온전히 이해할 수 있을까요? 자기 자신을 이해한다는 건 과연 가능한 일일까요? 아니, 그보다는 왜 이해해야 할까요? 사실 나를 이해한다는 건, 나이나 경험과는 무관한 일일지 모른다는 생각이 듭니다. 어쩌면 개인의 성향과 기질이 더 큰 영향을 미치지 않나 싶기도 해요. 살면서 더 많은 경험과 관계를 만들어가면서 나를 이해할 기회는 무수히 많지만, 사느라 바빠 미처 거기까지 생각이 가닿지 않는 경우가 허다하죠. 나를 이해한다는 것은 그래서 평생을 두고 풀어나가야 할 일이지 않을까 합니다. 내 안에 존재하는 변함없는 일관성보다 변덕스러운 다양성에 당황할 때가 많을 걸 고백하면서.

돌이켜 보면 저는 '나를 이해한다'는 감정과 '자기연민'을 혼돈했던 때가 종종 있었어요. 나를 이해하는 일련의 과정이 자칫 잘못하면 자기연민으로 흐를 가능성이 높거든요. 사실 스스로는 이 두 가지 감정을 구분하기가 어려울 수 있습니다. 나는 어떤 사람인가, 나는 무엇을 좋아하고 싫어하는가, 어떨 때 기쁘고 어떨 때 불행한가… 하나씩 내 감정들에 집중하면서 나라는 사람을 짚어나가다 보면, 어느새 '나'라는 캐릭터에 과몰입되어 자기연민으로 흐르기 십상이더라고요. 나를 이해하려 하면서 나의 불완전한 내면, 억지스러움, 나약함, 게으름 같은 단점을 확인할 땐 자기연민으로 치환하는 꼼수를 써요. 자신에 대한 죄책감이 덜하거든요.

반대로, 자기연민에 빠진 타인은 쉽게 눈에 들어오죠. 그런 사람을 마주할 때 드는 감정이 결코 긍정적일 순 없습니다. 자기연민은 자기혐오로 이어질 가능성이 많거든요. 스스로 불쌍하고, 안타깝게 여기는 마음 자체를 부정하는 건 아니에요. 사는 게 고행이고, 어느 한순간 만만한 때가 없는데 나라도 나를 가엾게 여기는 마음이 뭐가 나쁘겠어요. 단지 이 감정은 자신의 불행한 상황에 과몰입해서 스스로를 주변과 차단하고 더 깊게 극단적인 상황으로 끌고 가는 경우를 많이 봤기에, 조심하자고 늘 되뇌고 있습니다.

그래서 고민을 털어놓는 젊은 친구들에게도 이런 얘기를 종종합니다. 꼴사납고 손발 오그라드는 자기연민에 빠지지 말라고 말이죠. 아무도 알아주지 않는 그런 부정적인 감정에 빠져 혼자 허우적댈 시간 있으면 차라리 밖에 나가 술 한 잔을 더 하라고 말이

단점이 장점 되는 인생 마법

에요. 딱히 술을 권하는 건 아닙니다만.

경험을 비추어보건대, 자기연민은 나이가 들수록 더 볼 성 사납긴 해요. 젊어서는 그런 감정도 인생의 자양분이 될 수 있으니 무조건 나쁘다고만 볼 수도 없고요. 그러나 어떤 경험이든 그것이 삶의 연료로 쓰일 수 있으려면 온전한 마무리를 지어야 하겠죠. 극복 말이에요. 열정도 자기연민도 종국에는 완전히 연소해야 새로 시작할 수 있어요. 원하는 곳에 취업이 되지 않아서, 믿었던 사람에게 배신당해서, 열심히 하는 데도 알아주지 않아서, 그냥 모든 일에 흥미가 일지 않고 우울감이 들어서…. 여러 이유로 자기연민과 싸우고 있는 이들에게 한마디만 할게요. "너무 오래 거기서 머무르지 말고, 가능한 빨리 탈출해. 지나고 나면 엄청 창피할 거야!"

단점이 장점 되는
인생 마법

스스로 장단점을 잘 아는 것만큼 인생에서 꽤 요긴하게 쓰이는 무기가 없습니다. 말이 쉽지, 객관화가 전제되어야 하니 결코 만만히 볼 일이 아닙니다. 사람들은, 타인이 내게 하는 평가를 받아들이는 일을 어려워합니다. 반대로 타인에 대한 평가는 너무 쉽게 하죠. 저 역시 마찬가지입니다. 저의 장점에 대해 듣는 일이 편하지 않습니다. 어쩐지 너무 낯간지럽거든요. 반대로 저의 단점에 대해 듣는 일은 그보다 훨씬 어렵고, 무겁습니다. 창피하고 어찌해야 할지 모르겠거든요.

우리는 보통 타인이 나에 대한 충고나 지적을 하면 감정적으로 해석하곤 합니다. 자기가 남에게 하는 충고나 지적은 상대를 생각하는 마음에서 어렵게 꺼낸다고 하면서 말이죠. 그래서인지, 우리 사회는 어지간하면 타인에 대해 면전에서 충고와 지적을 하지 않으려 합니다. 서로 불편하고 어색해질 것을 아니까요. 그러니 자신을 객관적으로 들여다본다는 것은 특정한 계기가 생기지 않는 한 하지 않고 미루어둡니다.

제게도 그런 계기가 있었어요. 뒤늦게 박사 과정을 밟으면서였습니다. 단순히, 예전처럼 머리가 팽팽 돌아가지도 않는데 공부가 될까 하는 의문을 넘어 생각보다 훨씬 어려웠습니다. 머리가 굳었다는 건 핑계이고, 이해가 안 되면 될 때까지 열심히 하면 될 일이었으니 문제는 아니었습니다. 학업에 매진할수록, 연구가 어려울수록 "내가 왜 이 짓을 하고 있지?" 하는 '현타'가 온 거죠! 박사 과정 시작 전에는 나름의 목표를 세웠다고 생각했지만, 막상 어려운 과정의 연속에 놓이니 제 목표가 뜬구름 정도였다는 걸 알게 된 것입니다. 그러니 공부하면서 계속 왜라는 물음과 싸워야 했던 거죠. 어쨌든 저는 그 물음과 싸워 이기며 결국 원하던 목표를 손에 넣었습니다.

그 과정에서 스스로 단점이라고 생각해서 좋아하지 않았던 저를 확실히 알게 되었습니다. 집요함이 있는 반면에, 어처구니없을 정도로 대충하고 넘어가는 이중성을 가지고 있더라고요. 예전부터 알고 있었죠. 집요함으로 많은 것을 이뤘다고 생각했고, 대충 넘기는 성격 때문에 많은 것을 마무리 짓지 못하고 어물쩍 넘겼다고 생각했으니까요. 집요함은 좋고, 대충은 싫고. 집요함은 조절할 수 있는데 대충은 어쩌지를 못하는. 이제는 제 성격의 단점 덕에 무사히 학위를 받을 수 있었다고 생각합니다. 집요함을 극대화하되, 뭐든 내 손 거치지 않으면 안 된다고 여겼던 사고방식을 자의 반 타의 반 대충 넘기는 일도 있다고 인정하기로 한 거죠. 그렇지 않고는 박사 공부를 이어갈 수 없겠더라고요. 나름, 완벽주의에 균열을 가져온 사건이었죠. 개인적으로 인생의 마법, 단점도 장점으로 변신하는 기막힌 인생의 마법이 아닐 수 없었습니다.

그렇다고, 제가 공부를 대충했다는 건 아닙니다. 우선순위로 융통성을 발휘한 거죠. 예전 같으면 뭐든 그 자리에서 끝을 봐야 다

단점이 장점 되는 인생 마법

른 단계로 넘어갈 수 있었던 제가, 가정생활과 사회활동을 병행하며 공부까지 하려니 도저히 공부만 하던 어렸을 때와 같은 방식으로는 불가능하단 걸 인정하게 된 거죠. 집안일은 좀 미루고 대충하는 대신, 공부는 더욱 집요하게 물고 늘어지자는 전략으로 선회할 줄 알게 되었단 겁니다.

시간이 걸리는 전략이죠. 나이가 들고, 돌보아야 하는 우선순위가 생겨버린 저에게는 더없는 방법이었습니다. 느리지만 확실히, 돌아가더라도 틀림없이. 그런 일을 한 번 맛보게 된 뒤로는 숨기고만 싶었던 제 단점도 분명 때를 잘 만난다면 얼마든지 장점으로 뒤바뀔 수 있겠다는 생각이 들고, 자신을 더욱 긍정하게 되는 기분 좋은 경험을 하게 되었습니다. 조금이라도 젊었을 때 이런 경험을 하게 되었다면, 지금보다는 더 즐거운 삶을 살았겠다 싶습니다. 단점을 찬찬히 들여다보면, 분명 별 것 아닌 사소한 차이로 장점이 되는 가능성을 발견하게 될 겁니다. 스스로 돌아보고 이해해야 하는 이유가 하나 더 늘었네요.

연애편지를 받는 이가
부러운 날에는

인생의 다양한 지점을 통과한 제가 두 번 다시 맛볼 수 없는 것 중 하나는 '연애의 맛'입니다. 제게는 '당신'이나 '여보'라고 부를 배우자가 존재하고, 제 앞가림을 하는 장성한 두 아들이 있어요. 그러니 연애라는 감정이 아쉽다거나 그리운 건 아닙니다. 단지, 이미 '클리어'한 '스테이지'는 되돌아갈 수 없으니 성근 기억으로 남은, 한때 뜨거웠던 내가 그리운 거겠죠. 과거에 연연하지 않고 목표지향적이며 미래지향적인 제게도, 감상 젖는 순간이 드물게 찾아오곤 합니다. 아쉬움이랄까 그리움이랄까.

연애편지 말입니다.

단점이 장점 되는 인생 마법

사랑의 결과는 결혼? 거부감 일으키는 구시대적 발상이지만, 여전히 다수의 사람은 사랑을 거쳐 결혼으로 가고 있습니다. 저 또한 치열한 사랑의 결과로 결혼을 얻었고요. 주변을 돌아보니 사랑과 연애로 천국과 지옥을 오가는 사람이 많더라고요. 남자친구가 '바람'을 피워서 상처받은 20대 후반 딸 같은 후배에게 "그래도 '이혼'이 아니라 '이별'로 끝난 게 다행이야."라는 이도 저도 아닌 위로를 던졌지만, 실연을 토로하는 순간조차 후배는 반짝여 보이더군요.

요즘 연애편지 주고받는 일이 그닥 흔한 일은 아니죠. 휴대폰 대화방에서 사랑을 속삭이고 이별을 통보하는 편리한(?) 커뮤니케이션 방법이 있는데 연애편지라니. 구닥다리처럼 들리나요? 신기하게도, 사랑에 빠진 젊은이들 사이에서 구닥다리 연애편지가 자주 등장해요. 그것도 손편지로요. 소위 '연애편지'로 상징되는 아날로그식 감정교류에서 그 끝은 무엇일까요? 나 혹은 상대의 변심? 사그라진 감정? 바뀐 상황으로 인한 거리감? 신선함 없는 무료함? 무엇이 되었든 간에, 연애의 마지막처럼 쓸쓸한 건 없을 겁니다. 그래서 달콤함만이 담뿍 배었을 연애편지가 유독 그리운 건지 모르겠어요. 마지막을 말이 아닌 글로 전하는 쓸쓸한 편지도 있겠지마요.

부러운 마음으로, 후배에게는 끝내 말하지 않았던, 속으로 삼킨 말이 있었습니다. '이별로 맘이 쓰리고 두 번 다시 좋은 사람을 만나지 못할 것 같은 생각에 불안하겠지. 앞으로 너에겐 더 많은 기회가 있을 테니 마치 세상이 끝난 것처럼 아파하지 마. 지금보다 예쁘고 행복한 기회가 반드시 찾아올 거야. 세상에서 오직 너만의 연애편지를 쓰고, 받을 수 있을 테니까.'

연애편지는 그래서, 청춘의 신열身熱이자 진지한 가벼움일 겁니다.

단점이 장점 되는 인생 마법

연애론 - I

사랑은 찾는 게 아니라 빠지는 거야.

행복이 기다리는 것이 아니라 발견하는 것처럼.

연애론 - Ⅱ

자신을 갉아먹는 연애가 있죠. 공고하던 자존감을 무너뜨리고, 나를 고립시키는 그런 사랑말이에요. 당신은 알 겁니다. 그런 사랑이 당신의 지나친 기대로부터 생긴다는 것을.

섭섭한 마음은 내 생각대로 움직이지 않는 상대방 때문이 아니라, 상대에게 이미 많은 걸 줬다는 나의 기대로 인해 생기는 감정이에요. 뜻대로 되지 않는 관계라면 명확히 정리하세요. 헤어짐을 두려워하지 말자고요. 불필요한 감정소비를 정리하는 것뿐이니까. 몇 걸음 안 가서 당신이 성장했다는 걸 금세 깨닫게 될 거예요.

단점이 장점 되는 인생 마법

사랑도 열심인
당신에게

저는 연애도, 사랑도 정말 '열심히' 했습니다. 타고나길 마성의 여자가 아니니 만사에 노력하는 사람인 제가, 연애나 사랑에서도 별 수 있었겠어요? 그저 마음 가는 대로 열심히 하는 수밖에요. 때로 그럴 가치가 없는 관계에서조차 열심히 노력하는 젊은 친구들을 보면 저를 보는 것 같아 안타까울 때가 있더군요. 그 마음을 잘 아니까요.

관계란 일방적일 수 없고, 혼자만의 노력으로 해결되는 문제가 아니잖아요. 영원할 줄 알았던 관계가 속절없이 끊어지기도 하고 굳게 닫힌 마음에 새로운 감정이 노크하기도 해요. 이 사람이 아니면 안 되고, 내겐 이 사람뿐이라는 믿음도 한때의 다짐이었다는 걸 알게 되고요. 영원한 게 어딨겠어요. 헤어질 때 관계를 깔끔하게 마무리할 줄 아는 연습은 필요할 겁니다. 그런 아픔을 극복하고 나면 당신은 전에는 볼 수 없던 넓은 시야를 가지게 돼요. 느끼지 못했던 감정도 헤아릴 줄 아는 사람이 되어 있을 거고요. 인생의 희로애락을 경험하며 진짜 어른이 되는 성숙함엔 시간과 연습이 필요합니다. 그러니 아픈 이별에 너무 괴로워하지 말아요. 잃는 게 있으면 얻는 것도 있는 게 우리 인생의 방정식이라 생각해요.

단점이 장점 되는 인생 마법

하고 싶은 것 다 해

부모의 기준에 맞춰 결혼하려는 젊은 친구 얘기를 들은 적이 있습니다. 배우자 조건은 사람마다 나름 기준이 다들 있을 거예요. 감정 하나로 최종선택을 하더라도 말이죠. 문제는 그 조건에 부모나 집안, 친구나 지인의 시선, 사회적 기준 등을 포함하여 선택을 어렵게 만드는 요인들이 넘친다는 것이겠죠.

결혼을 고민한다면, 이것 하나만 이야기하고 싶어요. 적어도 당신과 평생 살지도 모를 상대에 대한 기준은 스스로 그려보세요. 기준을 세운 데도, 그 조건에 부합하는 사람을 만난다는 보장은 없어요. 이건 별개 문제죠. 하지만 아무 생각 없이 배우자를 선택한다는 건, 난감한 문제예요. 종교가 있는 사람들은 '배우자 기도'라는 것을 한다지요.

결혼을 원하는 사람이라면, 최소한의 밑그림을 그려보는 게 좋을 겁니다. 그래야 당신의 의지대로 할 수 있을 테니까요. 결혼은 당신이 함께하기를 바라는 사람과 미래를 꿈꾸는 일이에요. 소위 '세속적인' 가치관으로 배우자를 찾든, 오직 '사랑'이라는 절대 가치로 배우자를 찾든, 결혼하고 가정을 꾸릴 두 사람의 미래는 능동적으로 이끄세요. 타인의 시선과 기대, 기준과 조건에 맞추려 하지 마세요. 이래도 후회, 저래도 후회라면 그나마 내 의지라야 덜 억울하지 않겠어요?

연애론-Ⅲ

,

   아직도 그런 사람이 있나요? 연애할 때 친구들과 연락 잘 안 되는. 아직도 그런 짓을 하는 사람이 있나요? 오랜만에 친구들과 만나는 자리에 꼭 자기 남자친구 데려오는. 아직도 그런 생각을 하는 사람 있습니까? 지금 만나는 애인이 자기 세상의 전부라고. 연애 혼자만 하는 거 아니에요. 가장 개인적이고 가장 행복한 경험 중 하나일지라도.

   이것만큼은 명심하세요. 세상 안에서 살아가려면, 조금은 정신 차려줄래? 눈치 좀 챙겨줄래?

작정하고 하는
잔소리

나쁜 남자 만나지 말아요.

한 번은 운이 나빠 만났다 쳐도

두 번은 어리석고

세 번은 습관입니다.

가리고 가려서 만나세요.

그런 안 좋은 경험에 감정 소비하기엔 당신이 너무 아까워요.

나이 많은 언니의 노파심, 저도 해봐서 하는 소리예요.

단점이 장점 되는 인생 마법

질투는
너의 힘

프랑스 철학자이자 문화사상가인 롤랑 바르트는 질투에 대해 이렇게 말했어요. "질투심을 느낄 때, 나는 네 번 괴로워한다. 우선 질투하는 것 자체에 대해, 나 자신을 책망하는 것에 대해, 내 질투심이 상대에게 상처를 줄까 봐 두려워서, 내가 그런 시시한 감정에 굴복할 수밖에 없다는 것이 괴롭다."

철학자의 이성과 지성으로도, 질투라는 '시시한 감정'은 쉽게 통제되지 못하나 봐요. 사실, 질투는 시시한 감정이 아닙니다. 가슴속 가장 밑바닥에 감추어진 엄청난 파괴력의 인간본능이죠.

제가 두 살 때 남동생이 태어났어요. 장손 집에 아들이 태어난 거죠. 두 딸이 태어난 뒤라 귀하게 느껴졌을 거예요. 동생에게 어머니 젖을 빼앗긴 것도 모자라 세상의 관심에서 멀어진 세 살짜리 누이는 식음을 전폐했답니다. 세상을 등지고 벽만 바라보던 꼬마 누이 입술이 부르텄어요. 큰일이다 싶던 어머니는 동생에게서 얼른 젖을 뗐죠. 세 살 여아의 삶을 지배한, 시시한 감정이었어요.

비교 대상이 없으면 질투도 없어요. 우린 종종 형제자매, 학급 친구, 입사 동기, 남의 배우자와 사사건건 비교합니다. 상대보다 가진 게 적거나 없어서 미워하고 시기해요. 우린 알고 있어요. 자신의 열등한 감정과 싸우고 있다는 것을요. 미국의 저술가 해롤드 코핀의 표현이 절묘합니다. "시샘은 내가 가진 것이 아닌 다른 사람이 가진 것을 세는 기술이다."

어려서 느끼는 질투는 시시한 '샘'이었죠. 짝꿍이 가진 고급 문구가 샘났고, 새로 전학 온 예쁜 여학생이 남학생의 사랑을 독차지하는 게 샘났어요. 잘 사는 것, 예쁜 것, 공부 잘하는 것 등 가지고 있는 게 나보다 많거나 좋아서 샘냈어요. 시샘이 진화하면 질

단점이 장점 되는 인생 마법

투가 돼요. 질투는 상대방을 비방하고 해코지하고 잘 안되길 빌어야 직성이 풀리죠. 자신이 서서히 파괴되는 걸 모르는 채 말이에요. 헛된 정신 에너지 소비에요.

끔찍한 일이 있었어요. 유명 아이돌 가수 출신 여배우에게 한 안티가 "재수 없으니 교통사고로 죽었으면 좋겠다"라는 글을 인터넷에 올린 적이 있었어요. 여배우는 안티에게 "제가 죽었으면 좋겠군요."라고 응수했죠. 인기인이 치러야 하는 대가가 죽음일까요? 무심코 내뱉는 말에도 책임을 물어야 한다고 생각해요. 도를 넘은 악성 댓글에 여배우 당사자는 물론, 부모님 심정이 어땠을까요.

질투는 원래 잘 아는 사람이 더 심해요. 아는 만큼 비교되기 때문이죠. 여배우에게 악담을 쓴 사람은 가까운 사이도 아닌데 그녀가 죽기를 바랄 만큼 미워한 거예요. 그런 마음은 대체 어디서부터 오는 걸까요. 세상에 '그냥' 미운 건 없거든요. 모르는 사람이든 잘 아는 사람이든 '그냥' 미워하는 마음이 든다면 자기 자신을 열등하게 생각하기 때문입니다.

비교比較는 마음을 병들게 합니다. 견줄 비比에는 화살촉을 의미하는 비수 비匕가 두 개나 들어있어요. 화살 하나가 상대를 향한다면 또 하나의 화살은 내게로 향하는 법이죠. 상대를 미워하는 마음이 클수록 내 마음도 허망하고 상처로 얼룩진다는 것, 그래서 롤랑 바르트는 '시시한 감정'에 굴복하는 게 괴롭다고 말했던가 봐요.

단점이 장점 되는 인생 마법

불가근불가원

불가근불가원不可近不可遠, 가까이 하기도 멀리 하기도 어려운 상대를 의미합니다. 저는 이 말을 인간관계의 철칙처럼 여기고 있어요. 그렇다고 친한 사람에게까지 '철벽'을 친다는 건 아니에요. 친할수록 예의를 지키고 먼 관계여도 친근하고 편하게 다가가려고 노력하는 걸 의미합니다.

활발하고 명랑하며 열정이 넘치는 편이라, 제가 사람 만나는 일에 스트레스를 받는다고 여기는 주변인은 아마 없을 거예요. 저는 그 정도로 외향적이라고 분류되는 사람입니다. 실은 저도 사람을 만나는 일이 너무 어려워요. 겉으로 드러나지 않을 뿐이죠. 나이가 들수록 심해지고 있습니다. 사람을 만나는 일에 다량의 에너지가 소모되는 걸 느끼는 거죠. 요즘은 친한 사람을 만나려 해도 살짝 긴장됩니다. 가까운 사람은 만나서 몇 마디 하면 바로 긴장이 풀어지긴 하지만, 초면인 사람은 말해 뭐해요.

나이 들면 행동반경이 좁아지고, 만나는 사람도 줄어들기 마련이지만, 사회생활을 하다 보니 갈수록 만나는 사람이 많아집니다. 어찌 된 일인지 친밀도나 만남의 목적과 관계없이 한동안 누굴 만나도 후폭풍이 있더라고요. 헤어지고 돌아오면 기진맥진한 상태가 돼요. '기' 빨리는 느낌이랄까. 알 수 없었죠. '갑자기? 왜? 이런 적 없었잖아. 나, 늙는 거야?' 이유를 알 수 없어 오만 생각이 들었죠. 기어코 원인을 찾아냈어요.

딱히 엄청난 재능이나 특기가 있다고 생각하지 않는 저는 '노력쟁이' '열정맨'입니다. 산업화 시대의 구호인 "안 되면 되게 하라!"가 한때 제 삶의 신조였을 만큼 모든 일에 열심히 노력하며 살아왔죠. 인간관계에도 매사 노력했어요. 될수록 얼굴 붉히지 않

단점이 장점 되는 인생 마법

으려고 노력하고, 좋은 인상을 주려고 노력하고, 무엇보다 싸우지 않으려고 노력했죠. 노력은 인내심을 담보로 해요. 과부하가 왔죠. 모든 사람이 저를 좋아할 수 없는 노릇인데, 그걸 머리로는 알고 있지만 받아들이지는 않았던 거죠. 모두가 저를 좋아하도록, 노력을 퍼부었던 거예요.

인간관계에 체력이 달리는 경험 후, 비로소 제 인간관계를 점검해보았습니다. 매우 친한 친구부터 최근에 알게 된, 한 번 본 후배까지 기억에 있는 모든 관계를 말이에요. 결론은 간단하더라고요. 관계에 욕심을 덜어내자. 매사 열심히 한다고 능사가 아니다. 뒤로 물러서고, 손에서 놓을 줄도 알아야 한다. 과유불급이더군요. 그렇지만 모든 관계를 똑같은 수준으로 대할 수는 없는 노릇이잖아요. 저도 더 좋아하는 친구가 있고, 마음이 덜 가는 사람이 있는데 말이죠.

이후 불가근불가원을 원칙 삼게 되었습니다. 가장 친하고 좋아하는 친구라 해도 제 맘 같지 않죠. 친구도 그럴 테고요. 지나치게 애정을 퍼부어도 시드는 관계가 있고, 적당히 무관심한데 뿌리를 내리는 관계도 있습니다. 저는 제 에너지를 조금쯤 거두는 방식으로 인간관계를 정비하게 되었어요. 인맥도 넓고 친구도 많고 따르는 사람도 제법 된다고 생각했던 저의 인간관계에 구조조정이 이루어진 거죠.

　나를 필요로 하지 않는 관계, 내가 필요를 못 느끼는 관계, 신뢰가 없는 관계는 수명이 다한 겁니다. 이런 관계에 미련 갖지 않기로 했어요. 대신 소중한 인연에 집중하기로 했죠. 이 나이에 친구를 다시 사귈 수 있을까 싶은 마음이 무색하게, 제게 새로 사귄 친구들이 있음을 알게 되었습니다. 관계도 유기체와 같아요. 만나면 헤어지고, 헤어지면 만나게 되는 사이클처럼 말이에요. 생각이 정리되니 만남에 긴장도, 에너지 소모도 없던 때로 다시 돌아간 것 같아요. 이제는 일정 정리만 할 게 아니라, 종종 제 인간관계에 대해서도 고민하는 시간을 가져야 할 듯해요.

단점이 장점 되는 인생 마법

연애론-IV

    살면서 외롭고 고독한 때도 받아들일 수 있어야 합니다. 늘 친구에 둘러싸여 있거나 항상 만날 애인이 있다고 해도, 혼자서 행복하고 충만감을 느낄 줄도 알아야 하죠. 누군가가 곁에 있어야 행복하고 완전한 것 같다면, 그처럼 불안한 행복이 또 어딨겠어요.

    당신 자신이 행복이고, 혼자서도 완전하다는 것을 깨달아야 해요. 그것이 스스로 긍정하는 방법이고 자존감의 바탕이 됩니다. 인간은 기댈 누군가가 필요한 존재이지만, 혼자 설 수 있다는 전제가 된 사람만이 성숙한 사랑을 할 수 있어요.

나쁜 남자,
만나지 마세요

,

내 말에 고분고분한 남자가 뭐 그리 매력 있겠습니까. 자존심 건드리고 맘대로 되지 않아 애간장 태우는 남자, 그런 남자가 맘에 쏙 들죠. 그러나 이런 건 매력이 아니라 매력처럼 보였던 거란 걸 우린 알잖아요.

무관심이 자랑인 듯 '나, 이런 사람이야. 이제 알았니?' 상처 주고 보듬고, 약속 어기고 달래주고. 여전히 매력 있나요? 그 사람과 만남 뒤에 무엇이 남았는지 계산기 두드려봐요. 가슴에 새겨진 생채기는 얼마인가요.

단점이 장점 되는 인생 마법

누구도 당신이라는 존재를 함부로 대할 수 없습니다. 어느 때고 당신은 소중한 단 한 사람입니다. 어느 때고 당신은 그래야 합니다.

연애론 - V

내게 진실하기 원하지만 핑계와 거짓, 배신이 난무하고, 성실하기 바라지만 나로는 만족하지 못하는 상대에게 당신만 진실하고 성실할 필요 없어요. 당신의 가치를 인정하고 고마워하는 사람을 찾아요. 잘못 끼워진 단추를 고쳐매지 않고 그대로 살 수는 없습니다. 당신이 좋은 사람이듯, 그만한 대우, 존중받을 가치가 분명히 있으니까요. 스스로 사랑하고 더 아껴주세요. 그래야 타인을 온전히 사랑할 수 있을 거예요.

단점이 장점 되는 인생 마법

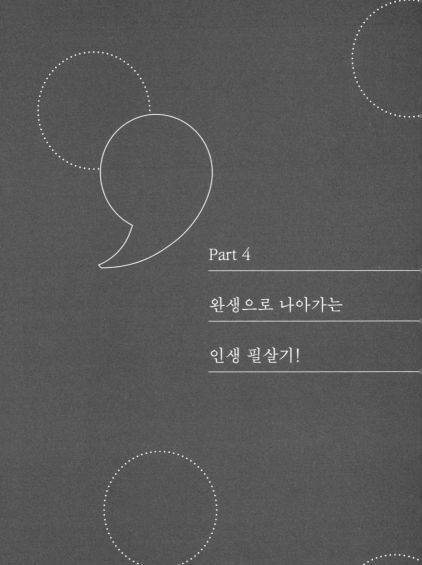

Part 4

완생으로 나아가는

인생 필살기!

행복 허들

오랜만에 저를 멘토라고 말해주는 고마운 젊은 친구를 만나 시간 가는 줄 모르고 수다를 떨다가 그 친구에게 의외의 이야기를 듣게 되었습니다. 실연에, 구직 실패에 바닥을 기고 있다는 이야기였죠. 만나는 동안 시종 밝았기에 예상하지 못한 이야기였어요. 이런 외출은 정말 오랜만이라며 생기 넘치는 얼굴로 미소짓던 그 친구가 너무 예뻐 보였습니다.

우리를 행복하게 하는 것은 무엇일까요? 제각기 다르겠지만, 대체로 만족감, 안전감, 평화로움 등이 전제되어야 하지 않을까요. 그런 의미에서 본다면 저는 나이가 든 요즘이 젊고 어렸을 때보다 행복하다고 말할 수 있을 듯 합니다. 그 친구 역시 제가 젊었을 때처럼, 행복이 뭔지 잘 모르겠다고 말했습니다. "젊을 땐 젊음을 모르고 사랑할 땐 사랑이 보이지 않았네"라는 옛날 유행가 가사처럼, 스스로 그 감정의 주체였을 때는 잘 느끼지 못하는 것 같아요. 시간이 지나 그때는 돌이켜봤을 때야 보이는 것이겠지요.

저는 행복 허들이 낮은 사람입니다. 비교적 쉽게 행복감을 느낀다는 말이지요. 반면, 이 허들이 높은 사람이 있습니다. 어지간해서는 행복감을 느끼지 않는 거죠. 행복은 너무 찰나의 순간이라 지속이 문제이지, 누구나 쉽게 행복을 느낄 수 있다고 생각합니다. 행복감을 길게 유지하기에는, 우리를 괴롭히는 요소가 곳곳에 많습니다. 행복한 주말에 받는 상사의 카톡, 상쾌한 오전에 알게 된 불합격 소식, 맛있는 식사 중에 통보받은 연인의 이별 메시지…. 행복은 그야말로 삽시간에 와장창, 깨지고 맙니다. 바로 얼굴을 바꾸고 불행으로 둔갑하죠.

그럴 때 저는 가능한 마음이 차분해지기를 기다립니다. 예전에

완생으로 나아가는 인생 필살기!

는 억지로 행복 스위치를 찾아 누르려고 노력했거든요. 그런 행복감은 오래가질 않더라고요. 지금은 그저, 행복은 대단한 게 아니라고 스스로 세뇌 중이에요. 행복 허들을 아예 없애보려고 생각을 바꿨죠. 행복감을 느끼는 데 허들이 존재한다면 그 허들을 넘는 순간만 행복할 뿐, 넘고 나면 다시 행복하지 않은 상태로 돌아가는 거 아닌가 싶더라고요. 그러느니 아예 허들을 없애고 그저 고요하고 차분한 상태를 즐기는 방향으로 선회한 거죠.

"선생님은 요즘 어떠세요? 좋아 보여요."라는 말에 "그래 보이니? 탈모 땜에 죽겠어, 얘." 하는 말로 젊은 친구에게 큰 웃음을 줬으니, 이것도 행복한 순간이겠죠. 행복이 뭐 별 거간….

그럼에도,
현실을 살자

미래학자나 SF 소설들이 그리는 미래처럼, 우리도 언젠간 진짜 세상이 아니라 사이버 세상으로 접속해서 그 안에서 살아갈 날이 올까요? 소셜미디어가 일상을 잠식해가는 요즘 드는 엉뚱한 생각입니다. 저도 유튜브, 인스타그램을 즐깁니다. 구독자가 늘지 않아 의기소침할 때도 있고, 하트나 좋아요가 적어 화딱지가 날 때도 있죠. 새로운 즐거움이고 예상치 못한 연결이 기쁩니다.

그래도 제 '본체'는 현실에 발을 붙이고 살아갑니다. 온라인 세상에 머무르는 시간이 길어질수록 인생에서 차지하는 비중도 점

완생으로 나아가는 인생 필살기!

차 커지는 듯해요. 심지어 그 세상이 현실의 도피처처럼 여겨지기도 합니다. 그곳에는 어린 나이에 큰 성공을 거둔 듯한 사람과 아름답고 활기차고 인생을 진정 즐기는 듯 보이는 사람투성이입니다. 비교되고 위축되고 허무하고 세상 불공평한 듯 느껴지죠.

허상을 진실로 받아들이지 마세요. 그들 모두 허상이라는 의미는 아닙니다만, 지극히 현실적이고 누추한 현재를 그곳에 전시하는 사람은 없으니 그것을 다 믿을 필요도 없어요. 현실을 살아요. 아침에 일어나서 씻고 준비를 하고, 집 밖으로 나서서 학교로, 일터로 향하고, 열심히 해야 할 일을 하고 다시 저녁에 집으로 돌아오는 일상에 충실합시다. 소셜미디어 세상에서 보이는 가상의 모습보다, 진짜 재밌고 행복한 일상의 소중함을 느껴봐요. 저는 그저 당신이 현실과 가상 세상에서 방황하기보다, 살 꼬집으면 아픈 진짜 현실에 충실한 삶을 꾸리기를 바랍니다.

달걀로 바위 치기

저는 그런 세대입니다. 달걀로 바위를 깨뜨린다! 될 때까지 한다! 산업화 개발 시대 논리라 치부하겠지만, 이러한 생각은 고단한 삶을 헤쳐오게 한 힘이 되었습니다. 그러나 제 아이들이나 젊디젊은 제자들에게는 저렇게 말하지 않아요. 달걀만 가지고도 이길수 있는 방법에 대해 고민하게 하거나, 자신만의 무기를 찾아내어갈고 닦기를 바랍니다. 그편이 훨씬 효율적이겠더라고요.

흔히 인생을 한판승을 벌일 싸움이나 전쟁과 비교합니다. 갈수록 살기 힘들고, 기회는 오지 않는 듯 보입니다. 삶에 지름길이 있을까요? 그런 것처럼 보이는 사람들이 있긴 해요. 내 의지와 힘으로 바꿀 수 없는 조건이라면 미련이나 원망 따윈 갖지 말고 나 자신의 설정값을 발전적으로 바꾸어 나가려고 노력해야 합니다. 조건이나 환경은 스스로 어쩌지 못하지만 하기에 따라 얼마든지 달라질 수 있는 유일한 변수가 자기 자신이라는 사실을 빨리 깨우칠수록, 이 싸움에서 유리한 고지를 선점하는 것 같아요.

달걀로 바위 치지 말아요. 그보다는 달걀을 키워서 얻을 수 있는 것이 무엇일지 고민하는 게 훨씬 빠른 답을 얻는 방법일 거예요.

섣부른 판단은
금물

경험적으로 세상에 100%라는 건 없더라고요. 오늘은 원수이 지만 내일은 은인이 될 수 있는 것이 삶의 아이러니입니다. 지금 은 울지만, 얼마 뒤에 다시 웃을 수 있다는 게 인생의 모순일 테죠. 저는 결정을 빨리하지만, 결정을 내리기까지 판단의 근거들은 가 능한 꼼꼼히 살피려 합니다. 그래야 후회를 줄일 수 있더라고요.

판단에 시간을 길게 들이지 않는 것은 장점이 될 수 있지만, 그 것을 완결된 결말로 생각하지 않았으면 좋겠어요. 선택과 결정은 언제든 바뀔 수 있습니다. 때로는 스스로 선택과 결정을 바꾸는 일이 부끄럽게 느껴진 적도 있었어요. 그렇지만 옳지 않은 선택이나 실패가 뻔한 결정을 바꾸는 일은 변덕이 아닙니다. 자신의 실수를 인정하고 바로 고치는 일이죠.

사람, 일, 사건, 현상 등 살면서 맞닥뜨리는 모든 것에 의견을 가지고 선택을 하며 결정을 내리는 일이 점점 많아질 겁니다. 그럴 때 가능한 후회는 적게 하고 반성하는 저만의 방법을 하나 알려드릴게요. 섣부른 판단은 금물, 당장은 결론을 내리더라도 언제든 반추하고 더 좋은 결과를 내리기 위한 수용의 자세가 유리하다!

아무 생각 없이
걷기

이유 없이 불안하고 마음이 안정되지 않고 머리가 복잡할 때는 몸을 써 봅시다. 목적지 없이 천천히 걷다 보면 머릿속 복잡하게 엉킨 생각이 정리되고, 슬슬 속도를 올리면서 걸으면 무념무상에 이르는 순간이 옵니다. 불안과 잡념이 당신을 잠식하게 두지 말아요. 한 번 붙잡히면 빠져나오는 데 더 많은 시간과 에너지가 들거에요. 때로는 목적지 설정 없이 발길 닿는 대로 걷는 여정에 당신을 놓아보세요. 이때 아니면 언제 그렇게 아무 생각 없이 걷겠어요? 세상은 온통 당신에게 목표니 꿈이니 빨리 만들어서 남들보다 먼저 도착하라고 채근하는데 말이에요.

완생으로 나아가는 인생 필살기!

인
생
필
살
기

나와 다른 사람들과 섞여 지내고, 내 맘 같지 않은 사람들과도 둥글둥글 지내는 방법은 학창시절이 프리뷰.

본편은 사회에 나와서.

거칠고, 이상하고, 도저히 이해가 가지 않고, 못된 사람들을 만나면서 해탈에 이르게 되는 건 인생의 실전.

그때마다 생존을 위해 웃고, 듣고, 응하고, 인내하며 하루를 무사히 살아내는 것이 인생 필살기.

성공하고 싶다면?

지금 당장 (침대, 소파, 의자, 방바닥 등 당신이 엉덩이와 등을 붙이고 있는 그 어느 곳에서든!) 일어나서 밖으로 나가세요. 그리고 오늘 할 일, 그게 무엇이든 간에 미루지 말고 시작해보세요. 적어도 침대를 벗어나 배달음식 말고 뭐라도 음식을 만들어 먹기라도 해보세요. 그렇게 하루를 행동으로 채워보는 겁니다. 그런 하루하루가 쌓여 당신의 경험이 되고, 결과가 됩니다.

누워서 공상만 하지 말고, 당장 성과가 나오지 않는다고 실망하지 말고, 그저 하루를 묵묵히 살아내는 것. 저는 그런 하루를 사는 사람이 원하는 성공도 손에 넣는다고 생각해요. 예전처럼 신문방송에 나오는 것이 성공의 척도이고, 얼마를 벌어야 성공했다고 말할 수 있는 시대는 지났잖아요. 여전히 동서고금을 막론하고 사회적 성공을 바란다면, 남들보다 앞서기 위해 노력해야 합니다. 그러나 성공의 의미가 개인화되고 다양화된 현재, 판에 박힌 구세대의 성공 개념을 젊은 세대에 강요할 수는 없습니다. 저는 오히려 요즘 친구들이 말하는 '플렉스'에 자극돼서 해보지 않은 일에 도전하고 있는 걸요.

당장 해야 할 일, 올해의 목표, 얼핏 보면 우리가 생각하는 성공과는 크게 상관없어 보이는 작은 성취들이 모여 인생의 방향을 결정하고 성공으로 이끈다는 걸, 사실 저도 어렸을 때는 잘 몰랐어요. 그저 부지런히, 열심히, 후회 없이 살자 정도였죠. 그런데 요즘 젊은 친구들이 제게 성공의 정의를 물으면 이렇게 답합니다. '충실한 하루를 살아내라, 거기서부터 시작해라.' 그러면 거창한 꿈이나 목표가 없다고 해도 결코 엉뚱한 방향으로 선로가 이탈하는 일은, 적어도 없을 거라고요.

노화도
병이라 하여,

살면서 이런 반가운 소식을 접할 줄이야! 노화와 유전 분야의 권위자인 하버드대 의과대학 데이비드 싱클레어 교수는 자신의 저서 《노화의 종말》에서 "노화는 정상이 아니라 질병이며, 이 병은 치료 가능하다."라고 주장한 것입니다. 세상이 좋아진다는 건 무엇을 말하는 걸까요? 우리는 대체로 하루가 멀다 하고 발표되는 새로운 기술과 과학 발전으로 세계가 전보다 더 부자가 되었다는 다양한 수치와 통계를 가지고 이를 짐작만 할 뿐입니다. 지금 사용하는 스마트폰의 사용법도 다 알지 못하면서 말이죠.

나이듦은 누구에게나 힘겨운 과정입니다. 우리는 온갖 방법을 동원해서 노화를 지연시키고자 애씁니다. 성형하고 운동하고 몸에 좋은 음식과 영양제를 먹는 일 등은 이제 별 대수롭지도 않죠. 그렇다면, 나이를 잘 먹고 있다는 건 어떤 태도를 말하는 걸까요? 최근에는 노화를 '자연스럽게' 받아들이는 이들에 대해 찬사를 보내는 사람들이 점차로 늘고 있습니다. 이 또한 '나이듦'에 대해 전 세대와는 조금 다른 인식의 변화인 듯 보입니다.

겉모습이야 다양한 방법으로 노화를 최대한 막는다 쳐도, 그 속은 어떨까요? 팽팽한 얼굴과 날씬한 몸매에 나이를 가늠하기 어렵지만 입만 열면 '쌍팔년도'식 사고를 드러내는 사람을 보고, 우리는 젊다고 생각하지 않습니다. 지금은 단순히 주름과 흰 머리 등으로 대변되는 노화의 증상만을 두고 젊고 늙었다고 판단하지 않습니다. 그러고 보면, 우리 시대 노화는 삶의 태도와 세상과 나에 대한 성찰의 문제에 가깝다고 말할 수 있을 것 같습니다.

새로움을 받아들이고 다루는 문제로 '나이듦'을 파악한다고 하면, 저는 결코 젊다고 말할 수 없을지도 모릅니다. 그렇지만 겉모습과 내면 모두를 가꾸는 문제에 있어, 시간이라는 변화를 유연하게 받아들이려는 마음만큼은 자신 있습니다. 바야흐로, 노화도 병이라 진단하고 이를 멈추거나 심지어 되돌릴 수 있다는 주장까지 나왔습니다. 너무나 기쁘고 반가운 소식이죠. 한편으로 노화를 어떻게 받아들일지에 대해 새로운 고민과 문젯거리를 던져준 도전 같기도 합니다. 셰익스피어가 노인에게 던지는 아홉 가지 금언을 되새기며, 오늘도 저는 눈가의 주름을 헤아립니다.

1. 학생으로 남아라

2. 과거를 자랑하지 말라

3. 젊은 사람과 경쟁하지 말라

4. 부탁받지 않은 충고는 하지 말라

5. 삶을 철학으로 대체하지 말라

6. 아름다움을 발견하고 즐겨라

7. 늙어가는 것을 불평하지 말라

8. 젊은 사람에게 세상을 다 넘겨주지 말라

9. 죽음에 대해 자주 말하지 말라

완생으로 나아가는 인생 필살기!

엑시트와
인턴

영화를 좋아하는 사람은 참으로 많습니다. 반면, 영화에 시큰 둥한 사람은 거의 본 적이 없던 것 같아요. 저는 후자에 가까운 사람입니다. 좋아하지만, 열 일 제쳐두고 찾아 즐기는 유형은 아니라는 뜻입니다. 제가 지금 이야기할 영화는 최신작이 아니에요. 2019년 여름 개봉한 영화 〈엑시트〉와 2015년 작 〈인턴〉은 참 인상 깊게 봤습니다.

공교롭게도 두 영화는 대척점에 있다고 말해도 과언이 아닐 각기 다른 두 세대에 관한 이야기입니다. 〈엑시트〉는 한국형 재난 영화임에도 불구하고 엄청난 예산이 투입된 할리우드 블록버스터급 영화와는 거리가 좀 있습니다. 오히려 의문의 유독가스가 도시를 덮으며 벌어지는 두 청춘남녀의 탈출기라는 면에서 로컬라이즈되어 있습니다. 취업난, n포 세대 등 재난급의 어려움에 직면한 청춘의 단면을 도시를 탈출하는 과정에 잘 녹여 보여주고 있죠. 〈인턴〉은 전설적인 배우 로버트 드 니로가 70대 나이에 잘나가는 온라인 쇼핑몰에 시니어 인턴으로 재취업하게 되면서 벌어지는 일을 담고 있습니다. 이 영화는 커다란 반전이나 극 중 '암유발자' 같은 막장 캐릭터 없이도 재미와 잔잔한 감동을 선사합니다. 세대 간의 이해와 화합을 말하고 있죠.

사실 〈엑시트〉는 규모가 큰 영화만이 포진하는 여름 극장가에서 가장 기대를 받지 않는 영화였다고 합니다. 한국형 재난 영화라는 포맷이나 두 주연 배우로 쟁쟁한 할리우드 기대작과 싸울수 있을까 하는 우려 때문이었다고 하죠. 막상 뚜껑을 여니, 모두의 예상과는 다르게 〈엑시트〉가 가장 선전했습니다. 무려 942만명의 관객이 들었죠. 수년째 취업에 실패한 산악 동아리 출신 '백수 삼촌' 용남과 연회장 직원으로 일하는 동아리 후배 의주가 도시를 뒤덮은 의문의 가스를 피해 목숨을 건 탈출을 하는 내용입니다. 이들이 도시를 탈출하는 과정은 중계가 되고, 모르는 사람들이 드론을 통해 도움을 줍니다. 이 과정이 요즘 청춘들의 고군분투처럼 느껴져 보는 내내 주인공을 응원하고, 그들이 끝내 살아남아 구조 헬기에 대고 "우리 좀 봐! 아아아악!" 하고 소리를 지를 때는 저도 모르게 울컥하더라고요. 유리창을 깨고, 건물 외벽을 기어오르고, 바닥으로 추락했다가 서로 손을 맞잡고 지붕을 뛰고, 다시 크레인 끝까지 기어오른 끝에 간신히 구조 헬기를 찾은 이들의 모험은 정말이지 청춘 생존기, 그 자체였습니다.

반면, 〈인턴〉은 누구나 근사하게 나이 들기 바라는 노년의 전형을 보여주는 듯합니다. 성공적인 커리어를 마감하고 은퇴하여 평화롭게 노년을 즐기던 벤은 아내가 먼저 세상을 떠나면서 다시 직장생활로 돌아갈 결심을 합니다. 일흔이 넘는 나이에 시니어 인턴십 제도를 활용한 것이지요. 벤이 활발히 사회생활을 할 때는 꿈도 꾸지 못했던 유형의 회사입니다. 온라인 쇼핑몰로 삽시간에 업계의 기린아가 된 줄스 밑에서 제2의 커리어를 시작하게 된 것이죠. 온라인 쇼핑몰인 만큼 그곳에서 일하는 사람들은 모두 젊습니다. 모두 처음에는 벤을 부담스러워하죠. 하지만 사회 경험, 인생 경험 '만렙'인 이 노신사는 금세 사람들의 마음을 휘어 잡습니다. 누구에게나 편안한 멘토와도 같은 동료가 된 것이죠. 심지어 그를 가장 경계했던 CEO 줄스조차 말입니다. 이제 벤은 시니어 인턴이 아닌, 그냥 그들의 동료가 됩니다. 그곳에서 벤은 좋은 인연을 만나 연애도 시작합니다.

이 두 영화를 같은 선상에 놓고 이야기할 만하다고 생각하는 사람은 많지 않을 겁니다. 시간차를 두고 보게 된 두 영화에서 저 는 연결점을 찾을 수 있었습니다. 처절하게 살아남으려는 청춘 이야기와 이제 삶의 마지막 장을 쓰는 평화로운 노년 이야기는 결코 다른 세상의 이야기가 아닙니다. 우리의 과거이고, 언젠가 맞이할 미래입니다. 전자는 현실의 녹록지 않음을 소소한 유머를 통해 날카롭게 포착했다면, 후자는 오히려 판타지에 가깝습니다. 벤과 같은 노년을 마다할 이가 얼마나 될까요. 후회 없이 열심히 살다가, 마지막까지도 단 한 점 후회도, 아쉬움도 남기지 않으려 노력하는 노인을 누가 밀어내고 싫어하겠습니까.

완생으로 나아가는 인생 필살기!

〈엑시트〉에서는 현실에 청춘을 포개어보고 그들의 고군분투에 응원과 안타까움의 눈시울을 붉혔지만, 〈인턴〉에서는 그야말로 '잘' 늙어간 한 사람의 인생에 박수를 보내고 마지막까지 행복하기를 기원하며 미소지었습니다. 이들은 서로를 탓하고 욕하지 않았습니다. 그저 자신의 자리에서 주어진 일에 최선의 최선을 다했을 뿐입니다. 바로 그런 점이 이 영화를 아끼는 사람이 많았던 이유가 아닐까요.

나만의 웃음 버튼

어떤 상황에서도 보기만 해도, 듣기만 해도 바로

마음이 평화로워지는 나만의 '웃음 버튼'을 찾아보세요.

귀여운 동물 영상도 좋고, 가고 싶은 여행지의 멋진

풍경 사진도 좋죠. 즉각적으로 부정적인 감정에서

나를 차단해줄 방패를 찾아보는 거예요.

별 것 아니지만 우울하고 슬프고 눈물 나고 외로운

감정에서 당신을 지키는, 작지만 강력한 나만의 것은

당신을 그런 부정적인 감정에 빠져들지 못하도록 할 테니까요.

타인을 수용하는
태도에 관하여

2020년 상반기 최고의 콘텐츠라고 할 수 있는 〈부부의 세계〉는 대한민국 국민에게 '고구마'를 먹인 대단한 화제작이었습니다. '욕하면서 보는 드라마'로 등극하며 회를 거듭할수록 드라마를 접었다는 간증(?)이 넘쳐났고, 드라마가 끝나면 곧장 온갖 소셜미디어에 드라마 짤과 감상이 넘쳐났죠. 방영 초반, 드라마의 주제를 고려했을 때 저는 이 드라마가 제 주변 중년여성에게만 화제인 줄 알았어요. 온 앤 오프 따지지 않고 주변 중년 커뮤니티에서 들썩였거든요.

우연히 젊은 친구들이 많이 활동한다는 온라인 커뮤니티에 흘러 들어가게 되었어요. 거기도 부부의 세계가 '핫'하더군요. 그때까지는 그저 속으로 이렇게 생각할 뿐이었어요. '젊은 친구들이 이런 불륜 드라마를?' 그런데 놀라운 점은 따로 있었어요. 드라마를 대하는 그들의 태도였죠. 커뮤니티 댓글을 읽을수록 그 젊은 친구들이 친근하고, 너무 예뻐 보이더라고요.

기실 중년여성에게 그 드라마가 화제가 되었던 것은 바람난 남편과 상간녀라는 너무도 현실적이고 자극적인 소재 이외에 드라마 타이틀 롤을 맡은 여성 배우 때문이었습니다. 십 대부터 활동해 쉰이 훌쩍 넘은 지금까지 꾸준히 주인공으로 활동한 여성 배우의 극 중 패션, 헤어스타일, 액세서리가 도마에 올랐죠. 이제는 그녀도 늙은 태가 난다, 얼굴이 어색하다, 어디를 손봤다, 그래도 몸매는 볼만하다 등 중년여성들이 몰리는 커뮤니티와 오프에서 만나는 거의 모든 사람이 악의적인 인상 비평을 해대는 것에 비해 젊은 친구들이 노는 온라인 커뮤니티에서는 배우의 나이를 알고 놀랐다면서, 정말 대단한 '언니'라고 하더군요. 이런 온도 차라니!

완생으로 나아가는 인생 필살기!

처음에는 킥킥대며 댓글을 읽어가던 저는 드라마에 대한 2030 젊은 여성의 반응에 점점 집중하기 시작했습니다. '언니 사랑해요' '이 언니 폼은 나이가 들어도 죽지 않네' '세상 혼자 사는 언니네' …. 이제 저 배우도 늙었는데 항상 나이보다 훨씬 젊은 역만 해서 보기가 싫다는 비슷한 또래 여성들의 반응과는 달라도 너무 달랐던 거죠. 드라마의 내용을 떠나서, 현실에서 주인공 여성 배우를 소비하는 태도에 왜 이렇게 연령대별 차이를 보이는 걸까요? 그냥 편안하게 생각해보자면, 오히려 비슷한 또래 여성 소비자에게 호평을 얻고 나이 차가 큰 젊은 소비자에게는 별 관심을 받지 못하거나 '누구야, 그 아줌마?' 하는 반응이어야 하지 않을까요? 그런데 정반대의 결과에 저는 잠깐 '멘붕'에 빠졌습니다.

결국, 혼자 한 가지 결론에 이르렀죠. '이 친구들은 꼬이지 않았구나.' 섣불리 일반화할 수 없다는 건 잘 압니다. 젊은 친구 중에서도 꼰대 같고, 열등감으로 배배 꼬인 사람이 있다는 것도 알고요. 그러나, 드라마를 보고 우연히 젊은 친구들이 많이 활동한다는 그 온라인 커뮤니티에 흘러 들어가게 되었을 때, 거기서 드라마에 관한 무수한 댓글을 읽어나갈 때 그런 생각이 들더라고요. 나이를 먹어가며 지식과 경험이 쌓이고, 지켜야 할 것들이 많아지고, 너무 바쁘고 해야 할 일이 많아지니 점점 멀어져 온 어떤 감정에 대해서 말이에요.

타인의 비평과 비판에 조심스러운 입장이나, 저도 어느 순간 다른 사람의 외모와 태도, 말로 그 사람에 대한 이미지를 한순간에 규정했어요. 속된 말로, 한눈에 그 사람을 '스캔'하고 한마디만 들으면 대충 '견적'이 나온다 생각했죠. 그걸 사람 보는 눈이 있다는 말로 문제의식 없이 내면화했던 것 같아요. 나이가 드니 사람 보는 눈이란 게 생길 걸 수도 있지만, 실은 타인에 대해 여유를 가지고 받아들이려는 의지가 약해졌던 건 아닐까 싶어요. 한 드라마를 놓고 소비하는 젊은 친구들의 태도는 제게 청량감을 주었습니다. 다른 사람을 받아들이는 태도에 관해 잊고 있던 감각을 깨워준 유쾌한 사건이었어요. 부부의 세계는 제게 드라마 자체로 보다는 조금 다른 의미로 기억에 남을 것 같습니다.

완생으로 나아가는 인생 필살기!

'노력쟁이'들을 위한
조언

저는 '노력쟁이'입니다. 매사 열심히, 노력하지 않은 때가 없습니다. 그렇게 해도 중간 정도입니다. 그렇게 노력을 쏟아부었어도 정작 가장 원했던 일에 여러 번 고배를 맛보았습니다. 그래서 이제는 실패를 수용할 줄도 알게 되었죠. 그럼에도 여전히 노력의 가치는 제 인생 상위에 랭크되어 있습니다.

그래서인지 가끔 저와 같은 '노력쟁이' 후배나 학생을 보게 되면 안쓰러운 마음 반, 기특한 마음 반 복잡한 기분이 듭니다. 그들이 왜 '노력쟁이'가 됐는지 저는 알기 때문입니다. 왜 노력의 가치를 신봉하며 눈이 오나 비가 오나 부지런히 애쓰는지 알기 때문입니다. 재능이 부족하고, 능력이 달려서요? 아닙니다. 그런 이유도 일정 부분 있겠지요. 하지만 대체로 '노력쟁이'들은 노력이라도 하지 않고선 배길 수 없어서 그러는 겁니다. 바로, 불안감이죠. 실체 없는 불안감으로 잠시도 쉴 수가 없는 이 '노력쟁이'들은 공부를 하지 않아도 될 상황에서도 책을 붙들고 있어야 맘이 편하고, 청소를 하거나 목욕을 하고 팩이라도 붙이고 있어야 맘이 편합니다. 가만히 침대에 누워 몇 시간을 아무 일도 하지 않는다는 건, '노력쟁이'들에게 상상만 해도 가슴이 답답한 일입니다. '노력쟁이'들은 요즘 트렌드인 집순이 집돌이, 아무것도 하지 않을 자유, 멍 때리기 등과는 정반대 길을 달리고 있습니다. 그것도 엄청 열심히.

대체로 '노력쟁이'들은 생각이 많습니다. 당연히 그 생각이란, 긍정보다는 부정적인 것들에 속해 있죠. '노력쟁이'들이 즐거운 공상만을 한다면 아마 누구보다 침대에 꼼짝도 하지 않고 누워 '열심히' 생각에 생각을 생산하고 있을 겁니다. 불행히도 그런 일은 없죠. 생각이 많은 '노력쟁이'들은 꼬리에 꼬리를 무는 생각으로 머리가 터지기 전에 몸이라도 부지런히 움직이기를 선호합니다. 그래서 대체로 '노력쟁이'들은 바지런하죠. 그런데 노력이란 것이 늘 최상의 결과를 주거나, 원하는 성과를 안겨주지는 않습니다. 오히려 반대급부가 발생하기도 하죠. 노력이 과부하가 되어 초래하는 방전, 포기, 우울, 허탈감입니다.

'노력쟁이'들이 가만히 앉아 '멍' 때리고 있으면, 좋지 않은 신호입니다. 평상시 그들에게 거의 찾아볼 수 없는 징후거든요. 분명 노력을 쏟아부어도 이루지 못한 무엇이 원인일 확률이 높습니다. 노력의 크기와 비례해 허무와 우울감, 번 아웃이 찾아옵니다. 대개 '노력쟁이'들은 쉬면서 충전하는 스타일이 아닙니다. 또 다른 무언가를 '열심히' 하면서 준비하는 스타일이죠. 아무것도 하지 않고, 멍하니 있다는 건 '노력쟁이'의 루틴에 어긋나는 일인 거지요. 누구나 상실감을 느낄 땐 다 그렇지 않냐고 할 수 있겠지만, '노력쟁이'의 번 아웃을 우습게 여기면 안 됩니다. 이들은 옆에서 아무리 응원을 해줘도 자기 안에서 생각이 정리되거나, 새로운 목표가 생기지 않으면 다시 동기부여가 쉽게 되지 않기 때문이죠.

'노력쟁이' 선배로서 '노력쟁이' 후배에게 딱 한 마디만 할게요. "얘들아, 아무것도 하지 않을, 잠시 모든 것을 내려놓을 '노력'도 필요해." 결국 '노력쟁이'에게는 아무것도 하지 않을 '노력'이 필요한 건가?

완생으로 나아가는 인생 필살기!

Part 5

마침표라니, 쉼표지

어제는 너무 멀고
내일은 너무 가깝다

톨스토이는 이렇게 말한 바 있습니다. "싸움에 있어 가장 중요한 것은 마지막 싸움에서 이기는 것이다." 무릎을 치게 하는 명언입니다만, 저는 너무 늦게 이기기를 원치 않습니다. 가능하면 싸움에서는 지고 싶지 않은 욕심쟁이이나, 톨스토이가 왜 저런 말을 했는지는 알 것 같습니다.

인생은 싸움의 연속입니다. 어떻게 바라보는지에 따라 다르겠지만요. 싸움보다는 오히려 전쟁 쪽에 가까울 만큼 치열하죠. 이 싸움은 세상과 내가 벌이는 한판승입니다. 그러니 매 순간 긴장을 놓을 수 없습니다. 그렇다고 항상 긴장 속에서 살 수만도 없는 노릇입니다. 그렇게 살 수 있는 사람이 몇이나 되겠어요. 어르신들이 그런 말을 하죠. 시간은 쏜 화살과 같아서 나이가 들수록 더 빨리 흐른다고 말이에요. 20대에는 시냇물처럼 졸졸 흐르는 물 같다가, 70대에는 콸콸 쏟아지는 폭포수와 같다고요. 확실히 아이였을 때 '열 밤'과 지금 '열흘'이 같은 무게는 아닌 것 같아요. 어릴 때는 하루가 어찌나 긴지 '열 밤'만 자고 일어나는 일이 10년과 같았다면, 지금의 '열흘'은 하루처럼 짧게 느껴지곤 하니까요.

갈수록 '깜빡증'이 심해지는 저는 반나절 전 일도 가물가물할 때가 많아요. 도대체 얼마나 더 심해지려나 걱정이 될 정도입니다. 그런데 어렸을 때나 젊었을 때 일은 선명해요. 그렇다고 선명한 기억만 추억하고 살 수는 없죠. 저는 아직 하고 싶은 일도, 해야 할 일도 많은 사람이니까요. 여전히 젊다고 말하는 사람이니까요. 그러니 저는 어제는 먼 것처럼 멀리 두고, 내일은 당장 닥칠 현실처럼 가깝게 둘 겁니다. 과거는 저를 만들었지만, 제가 살아야 할 곳은 미래니까요.

마침표라니, 쉼표지

저는 제게 고민 상담을 요청하는 젊은 친구들에게 범법이나 남에게 해를 끼치거나 공동체 상식에 반하는 일이 아니라면, 하고 싶은 일을 마음껏 하라고 말합니다. 성형하고 싶은데 망설인다? 왜 망설이나요. 저는 자신을 가꾸려는 마음이 예쁩니다. 외모도 자산이라며 끊임없이 자산 평가받는 세상에서 '변신'을 '투자'로 생각하면 안 되나요? 대신 '투자' 결과는 자신이 책임져야 해요. 가고 싶은 회사가 있는데 언감생심이라 지원도 못 하겠다? 그러지 마세요. 설사, 문턱이 높다 하더라도 지원 못 할 이유는 뭡니까. 불합격이 자명한데 괜한 낭비라고 생각하나요? 물론, 허들이 높은 곳일수록 지원자에게 요구하는 바가 명징하고 수준이 높습니다. 그러나 준비를 끝까지 마치고 지원하는 과정에서 분명 얻고 배우는 바가 있을 겁니다. 다니던 회사를 나와 새로운 진로를 개척하고 싶은데 용기가 없다? 무모하게 도전해보세요. 어렵게 들어간 회사를 나오는 일도 쉽지 않고, 하고 싶은 일로 방향을 틀어 다시 시작하는 것도 만만치 않습니다.

지금 상태로 서른이 되고 마흔이 된다고 원하는 것을 얻을 수 있을까요? 한 살이라도 젊었을 때 시작하라고 말해주고 싶습니다. 아마 많은 사람이 저와 같은 말을 할 것 같아요. 무턱대고, 무작정 도전을 하라고 부추기는 건 아닙니다. 충분히 고민하고, 계획도 세우면서, 신중에 신중을 기할 일이죠. 그런데 인생에서는 때론 무모할 필요도 있는 듯해요. 그 무모함으로 최대한 성공하길 바라지만, 아마 실패 가능성이 더 클지도 모르겠어요. 단순히, '인생에서 후회를 남기지 않겠다'라는 마음만으로 도전하라기에는 리스크가 클 수도 있겠습니다.

하지만 할까 말까 망설이는 순간이라면 저는 하는 쪽으로 등을 밀어주고 싶어요. 당신에게 어떤 가능성이 열릴지 모르니까요. 아직은 안정보다는 도전을 선택하는 편이 낫겠다 싶습니다. 가슴 한쪽에 아쉬움을 담고 살기에는, 너무 젊으니까요. 어제는 교훈으로만 삼으세요. 가까운 내일의 청사진을 품고 살기 바랍니다. 흘러가 버린 시간은 돌아오지 않아요! 유도는 낙법부터 알려준다고 하죠. 인생도 마찬가지라고 생각해요. 실패를 먼저 알려주는 삶이 인생의 맷집을 키웁니다.

청춘을
흘려보내지 말자

　누구에게나 한 번은 주어지고, 누구나 거치는 청춘이라는 눈부신 인생의 한때를 낭비하지 말아요. 당신은 당신 자체로 빛나는 사람이고, 오늘의 당신이 모여 내일의 당신을 이룰 테니, 한 번 더 웃고 젊음을 누렸으면 좋겠습니다.

　누구에게나 그랬듯, 당신의 청춘도 눈 깜빡할 새 지나갑니다. 청춘을 고단하고, 길을 찾을 수 없는 컴컴한 터널을 지나는 거라고만 생각한다며, 언젠가는 많이 아쉬울 거예요. 먼저 경험해본 선배의 말이니 믿어도 좋아요.

인생에 '다시'가
없는 것처럼

9

다시 돌아가고 싶은 인생의 한때가 있나요? 예상외로 이 질문에 나이가 들수록 '아니다', 젊을수록 '그렇다'라는 답변을 듣고 놀란 적이 있습니다. 4050은 현재가 만족스럽다 말하는 반면, 20대는 10대로 돌아가고 싶다는 답변을 했던 거죠. 주변인을 상대로 한 자체조사이긴 했습니다만.

20대인 현재는 30대를 목전에 두고 있고, 여전히 취준생이거나 맘에 들지 않는 직장에 다니고, 연애도 하지 않으며, 앞으로 뭐 하고 살지 전혀 알지 못하겠다는 등 전체적으로 불만족인 상황이

169

었습니다. 현재 상황과 비교해서 10대 학창시절이 그나마 더 나았다는 생각이 들었을 수 있죠. 그러나 4050은 젊은 날의 부침을 이미 다 겪은 후 간신히 인생에서 안정적이라고 할 만한 상황을 맞은 것이기에 다시 과거로 돌아가고 싶지 않다고 답했을 겁니다. 그렇다면, 20대는 불행하고 40~50대는 행복할까요?

절대 그렇지는 않을 겁니다. 현재에 만족한다는 기준만으로는 행, 불행을 따질 수 없습니다. 4050이 엄청난 부나 사회적 성공을 거머쥐지 않았다고 해도 많은 이가 과거로 돌아가고 싶지는 않다고 말합니다. 숱한 시행착오와 온갖 경험을 하고 그 자리에 섰는데, 그 과정을 반복하라니요. 아마도 20대가 지금의 4050이 되었을 즈음엔 다시 10대로 돌아가고 싶다고 할지, 미지수입니다. 심지어 한 20대는 10대로 돌아가고 싶은 이유 중에 하나로, "그땐 젊었다"라는 답변을 했습니다(대체 어디까지 젊어지고 싶은 거니…). 20대가 되니 하루하루 늙어가고 있다는 겁니다. 세상에! 그러나 노화도 상대적이니 저의 늙음만이 정답이라고 우기지는 않겠습니다….

인생에 '다시'는 없습니다. 그것이 인생의 묘미이기도 하고, 서글픔이기도 합니다. 그러나 인간의 미련이 얼마나 질기기에, 숱한 미디어에서 '타임 슬랩'을 소재로 한 콘텐츠가 끊이지 않을까요. 누구나 자신의 '리즈' 시절이 있습니다. 어떤 이에게는 열 몇 살일 수도, 스무 살일 수도, 서른이나 마흔일 수도 있습니다. 자신이 가장 빛났던 한때를 그리워하는 것은 어쩌면 본능과도 같이 강한 욕망인 듯 보입니다. 만약 그 기회가 주어진다고 해도 저는 쉽게 붙잡을 것 같지는 않습니다. 지금까지 열심히 살았던 제 인생을 부정하는 것처럼 보여서요. 또 모르죠. 지금보다 열 살쯤 더 먹고 난 뒤에 돌이켜보면, 지금 나이가 제겐 '리즈'였을 수도. 그래서 다시 10대로, 딱 스무 살로 다시 돌아가고 싶다고 말한 이들에게 하고 싶은 말이 있습니다.

너의 '리즈'는 바로 오늘이라고. 그리고 내일도, 모레도 너는 네 인생의 '리즈'일 거라고 말이죠. 그런데 아마, 이해하지 못할 거예요. 아니, 이해는 해도 온전히 받아들이지는 못하겠죠. 저도 그랬으니까요. 지나고 나야 깨닫게 되는 것들이 인생에는 참 많더라고요.

마침표라니, 쉼표지

이번 생⁺도 수행해야 할 과제,
통과해야 할 퀘스트

，

 다소 직선적이고, 해야 할 말은 하는 성격상 단도직입적으로 말할게요. 저는 '이생망'이라는 말이 싫습니다. 이번 생은 망했다니! 물론, 다분히 자조적이긴 하나 농담이라는 것을 알고는 있어요. 오죽하면 저런 말까지 할까 싶은 맘에 안타깝기도 하고요. 그런데 어쩐지 저 말은 포기가 전제된 듯해서 성에 차지 않더라고요(어떻게 저런 말을 생각해냈을까 하는 감탄은 차치하고 말이죠).

 저를 '꼰대'라고 해도 어쩔 수 없어요. 이미 밝혔듯이 저는 노력만이 최상의 가치였던 시대를 거친 세대입니다. 물론 '개천용'이

부지기수였던 시대이기는 했어요. 지금처럼 계층 사다리가 완전히 끊긴 그런 때는 아니었어요. 그걸 알기에, 요즘 젊은 친구들에게 무턱대고 '노오력'하라고 말하지는 못하겠더라고요. 그렇다곤 해도, 이번 생이 망했다니요!

우리가 전생을 기억하지 못하듯, 어차피 다음 생도 처음이라고 생각할 겁니다. 그냥 매번이 처음인 생인 거죠. 그러니 일찌감치 망했다는 생각이 들어도, 그렇게 말하지는 말아요. 이번 생은 망했다면서 한 번 웃고 넘기는 걸 알고 있습니다만, 입버릇처럼 말하면 습관이 될 수도 있잖아요. 말에도 힘이 있습니다. 말하는 대로 이루어진다고들 하잖아요. 그저 이번 생을 꼭 완성해야 할 숙제쯤으로 생각해보는 걸 어떨까요? 게임을 하듯이, 다음 생으로 가기 위한 퀘스트라고요. 물론 게임처럼 다시 시작할 수는 없지만요.

제가 살던 시대랑 비교해서 종종 현재 젊은이들의 하소연을 투정으로 여기는 건 옳지 않다고 생각해요. 갈수록 버겁고 짐이 되는 삶을 저도 조금은 이해하거든요. 그렇더라도 아직 청춘인 젊

마침표라니, 쉼표지

은 친구들의 삶이 벌써 '이생망'이라며 마감하기엔 너무 눈부시게 푸르다는 생각이 들어요. 주변 어르신들이 하나둘 돌아가시는 걸 눈으로 지켜보는 나이가 돼서 느낀 건데, 다음 생까지 있다면 그게 더 힘들 것 같아요. 다시 시작할 자신이 없거든요. 지금까지 이렇게 힘들게, 최선을 다했는데 또 하라고요? 저는 그냥 이번 생에서 결판내려고요.

사실, '이생망'이 싫은 이유는 그런 말이 트렌드가 될 만큼 살기에 고달픈 세상을 만든 사람 중 저도 하나이지 않나 하는 어설픈 책임감 때문인 듯해요. 대단한 인물은 아니지만 그래도 어른인데, 내가 살기 힘든 세상을 만드는 데 일조하지 않았나 하는 생각 말이에요. 저 또한 미생未生입니다. 그저 완생으로 가고 있을 뿐이죠. 이번이 처음인지는 알 수 없으나, 그리고 다음번 생이 기다리고 있을지 알 수 없으나, 지금을 사는 모두, 힘냅시다!

,

죽
기
로
살
기

어떻게 생각하면 그래요.

'죽는 건 너무 쉽지. 사는 게 어렵지.'라고 말이죠.

그러니 다들 사느라 이 고생 아니겠어요?

50년 넘는 삶의 구력으로도 녹록지 않은데

젊은 친구들은 오죽할까.

죽을 힘으로 버티며 살아가는 당신들에게

등 한 번 쓸어주고 박수 보내고 싶어요.

마침표라니, 쉼표지

이제 우리는
과거로 돌아갈 수 없다

2020년은 인류가 결코 잊을 수 없는 해가 될 듯합니다. 연초에 시작된 코로나 발 특급열차는 전 지구를 돌고 돌아 그 끝을 알 수 없는 목적지로 향하고 있습니다. 이제는 길거리에서 마스크를 쓰지 않는 사람을 볼 수 없습니다. 재택근무가 어색하지 않고, 모임이나 약속도 미루거나 파기하죠. 그래도 화를 내는 사람이 없습니다. 당연한 일이 되었으니까요.

이뿐이겠습니까. 기업들은 공채를 미루거나 대폭 축소하고, 온갖 국가고시도 연기가 되었습니다. 수많은 자영업자가 업장의 문을 닫고 있으며, 공연·전시·콘서트가 무산되었죠. 대체, 이런 세상을 상상이나 해봤습니까? 이제는 '코로나 블루'라는 신조어까지 생기며 전염병이 가져온 우울증으로 고통받는 사람이 늘고 있기까지 하다니, 앞으로 어떤 세상이 될지 더욱 예측이 어려워지고 있습니다. 이제 우리는 과거로는 돌아갈 수 없습니다. 이 말은 이제 모두 직감하듯이, '현실'이 되었습니다. 지금까지의 가치관으로는 포스트 코로나 시대를 대비할 수 없을 가능성이 높습니다. 그렇다고 하루아침에 모든 걸 뒤바꿀 수는 없는 노릇입니다. 우리는 어떻게 해야 할까요?

저는 정보의 정확성에 더욱 신중하리라 결심했습니다. 전보다 책을 많이 읽기로 했어요. 지금은 누구도 자신의 판단에 기준점이 되어 줄 수 없는 세상입니다. 과거보다 발전한 기술력과 누구나 접근 가능한 온갖 정보들로 인해 오히려 내 판단이 흔들릴 가능성이 높아졌다는 의미죠. 그러니 나 자신이 올바른 판단의 기준이 되어야 합니다. 어려운 일이죠. 내 판단 기준도 외부 변수에 영향을 받지 않을 수 없으니까요. 그렇지만 거기서부터 시작을 해야 코로나 이후 시대를 준비할 수 있을 것 같아요. 앞으로 내 삶

마침표라니, 쉼표지

의 방향을 다시 점검하고 나아가기 위해서 말이죠.

인류는 과거에 머물지 않고 늘 앞으로 나아갔습니다. 코로나가 인류를 커다란 위험에 빠트리고 시사점을 던져줬지만, 오히려 미래를 위한 화두라고 생각하는 편이 모두의 정신 건강에 좋을 것 같아요. 코로나로 직장을 잃고 삶의 터전이 사라지고 앞길이 막힌 많은 사람이 있습니다. 목숨을 잃은 이들도 있죠.

그럼에도 불구하고 우리는 코로나에 빠르게 적응하고 있습니다. 마스크를 쓰고, 거리두기를 하고, 가능한 비대면으로 많은 일을 처리할 수 있게 시스템을 정비하고…. 코로나로 잃은 것이 있지만, 분명 새로운 것들이 나타날 것입니다. 그걸 먼저 알아보기 위해 저 역시 작은 도약을 준비하고 있습니다. 원망하고 탓할 대상이 전염병인데, 이길 도리가 없잖아요. 각자 변화된 세상을 읽어낼 무기가 무엇일지 고민하고 준비를 해야 할 때입니다.

불안사회를 살아가는
청춘들에게

　해마다 청년실업 사상 최고치를 경신하고 있는 역대 최악이라는 취업난 시대입니다. 2020년 1월 취업포털 인쿠르트와 알바앱 알바콜 조사에 따르면 약 10명 중 9명, 즉 신입사원 90%가 첫 직장을 그만두는 것으로 집계되었습니다. 또 신입사원 30%가 1년 이내에 퇴사한다고 합니다. 어렵게 들어간 회사를 그만두고 나오는 젊은이들이 늘고 있다는 의미입니다. 그들이 퇴사를 결정한 이유는 무엇일까요?

　권위적인 태도와 인격 모독 발언 등으로 인한 대인관계 스트레

마침표라니, 쉼표지

스, 야근 등 과중한 업무로 인한 업무 불만, 낮은 연봉…. 많은 이유가 있겠지만, 젊은이들의 퇴사에는 과거 '생존'의 문제로 여겨졌던 사회생활이 버티느냐 또는 살아남느냐의 문제에서, 이제는 즐겁고 행복한 일자리라는 개념으로 변화한 데 있는 것 아닌가 합니다.

다시 말해, 사회는 아직 과거의 사회생활 가치에 묶여 있지만, 새로운 인력들은 이미 미래로 가고 있는 데에서 발생하는 격차가 있다는 겁니다. 특히 '욜로YOLO' 세대인 2030 젊은 층이 회사나 집단의 보수성과 충돌했을 때 느끼는 충격은 상당하다고 합니다. 그런 격차와 충격을 견디지 '않겠다'고 결심한 젊은이들이 과감히 퇴사 결정을 하는 것입니다. 어쩌면 이러한 현상은 기성세대가 말하는, 정말 먹고 사는 문제에 따른 생존이 아니라 스스로가 세상으로부터 자신의 존엄성을 지키는 또 다른 '생존'의 문제라고 할 수 있겠습니다.

반면, 이러한 생존 이전에 동등한 기회를 갖지 못하고 공정한 기준으로 평가받지도 못하는 많은 젊은이가 있습니다. 그들에게 취업은 기성세대의 생존과 맥을 같이 합니다. 이들에게는 생존에 대한 불안과 함께 상대적 박탈감에 따른 불안까지 얹힙니다.

　모두 각자의 불안을 안고 있는 셈이죠. 어느 쪽이 더 낫다고 판단할 수는 없습니다. 분명 우리 사회가 여전히 가지고 있는 보수성과 불합리는 개선되어야 합니다. 마찬가지로, 처음으로 사회에 발을 내디딘 사람이라면 어쩔 수 없는 적응 기간도 필요합니다. 사실 그 어느 때고 불안에서 완전히 해방되는 날은 오지 않을지 몰라요. 각자 역할마다, 상황에 따라 불안은 늘 존재할 테니까요. 어떤 선택을 내리든 자신의 선택에 책임을 지고, 오늘을 충실히 사는 방법밖에는 없는 듯합니다.

　'버티기'만이 유일한 삶의 전략이 되어버린 씁쓸한 현실에서 생존이냐 상대적 박탈감이냐, 어느 쪽이 더 무겁다고 말할 수는 없을 겁니다. 다만, 이런 양쪽의 불안감을 모두 가져야 하는 젊은이에게 오늘만 버텨보고, 조금만 더 노력해보라는 말밖에 해줄 수 없는 기성세대로 안타까움과 미안함을 느끼지 않을 수 없어요.

마침표라니, 쉼표지

;

실수도
관리 대상

태어나서 가장 많은 실수를 한 것은 두 아들을 키우면서이지만, 그거야 모든 부모가 겪는 일이라고 생각해요. 그보다 진짜 실수를 많이 했던 경험이 무어냐 하면, 첫 직장생활을 하면서가 아니었을까 합니다.

저는 첫 직장생활을 외국계 기업에서 시작했어요. 스카이 출신도 아니었던 저는 영어 회화 문장을 통째로 달달 외운 실력으로 입사했어요. 뭐 어쨌든 그랬어요. 매일 아니 매시간, 매분 실수의 연속이었습니다. 돌이켜보면 신입 때 제가 가장 많이 한 말이 "죄송합니다, 다시 하겠습니다"였더라고요. 제가 미안하지 않은 상황에서도 "죄송합니다"를 남발해야 했죠. 솔직히 말해, 그 외국계 기업 직장생활은 결코 성공적이었다고는 말하지 못하겠어요. 갖은 실수 남발에, 그리 길게 다니지도 않았거든요. 그래도 그나마 오늘의 저를 있게 한 건, "죄송합니다"보다는 "다시 하겠습니다"였습니다.

제게 할당된 일을 해내지 못했으니, 당연히 제가 다시 해야 한다고 생각했어요. 상사가 다시 시키지 않아도, 여전히 할 줄 몰라도 말이죠. 회사 다니면서 배운 게 영 없는 건 아니었어요. 실수에서 배운다고들 하더니, 과연 틀린 말은 아니었더라고요. 온갖 종류의 실수를 하면서, 실수를 분류할 수 있게 되고 차츰 매니징할 수 있는 경지에 올랐으니 말이죠.

실수에서 배우지 못한다면 그땐 정말 실수로 남게 됩니다. "실수에서 배워라!" 식의 교훈이 아니라, 자신의 실수를 복기하고 분석하는 일의 중요성을 말하고 싶어요. 그렇다면 그 실수는 당신이 관리할 수 있는 대상이 되고, 적어도 반복하지는 않을 테니 말

마침표라니, 쉼표지

이에요. 누구나 처음 하는 일을 완벽히 해낼 수는 없습니다. 예외적인 경우를 제하곤 말이죠. 첫 입학, 첫 입사, 첫 이직, 첫 연애…. 결혼을 하고 부모가 되는 일도 예외는 아닙니다. 그렇다고 두 번세 번 하는 일에서 실수가 없느냐 하면 그건 또 다른 문제고요. 적어도 실수를 객관화하는 사람은 예측할 수 없는 수많은 돌발변수에 대비할 수 있는 자생력이 생기는 것 같아요. 세상은 이런 자생력을 '경험'이라고 말하더군요.

아무것도 하지 않으면 실패는 없겠지요. 그런 삶이 행복하다고, 성공했다고 볼 수 있을까요. 실수를 포함한 다양한 경험은 삶의 자양분이 됩니다. 한 번 실수로 세상이 끝날 것처럼 불안해 할 필요 없어요.

결과만 보지 말라고?

'결과만 보지 말라'라는 말이 흔한 세상입니다. 결과 뒤의 노력이나 과정도 우습게 여기지 말라는 뜻이겠죠. 결과만을 좇던 우리가 어느새 결과 이외의 다른 가치에도 눈을 돌릴 만큼 여유가 생겼나 봅니다. 그런데 도리어 젊은 친구들이 이렇게 반문하더라고요. 어떻게 결과만 보지 않을 수 있냐고, 어차피 결과만 볼 거 아니냐고 말이죠. 그야말로 '뼈 때리는' 말이 아닐 수 없습니다.

말이 좋아 결과만 보지 말라는 것이지, 사실 결과 이외에 과정도 정당해야 하고 그 뒤의 노력까지 죽도록 하라는 의미일 수 있으니까요. 단순히 결과만 놓고 판단할 때보다 따져야 할 게 더 늘어난 셈이니 젊은 세대가 그런 말을 할만하죠. 그렇지만 사회생활, 인생의 선배로서 이 말은 해주고 싶어요. "결과만 본다면 상당히 많은 실수가 네 발목을 잡을 거야."라고 말이죠.

아마도 결과만 보지 말라는 말에 반문을 던지는 친구들은 자신의 성과가 아니라 타인의 성공을 보고 한 말일 테죠. 나의 결과보다는 남의 결과가 훨씬 달콤해 보일 수 있습니다. 그렇지만 타인의 결과에도 너그러워질 필요는 있어요. 내 노력만이 진짜 노력이 아니기 때문이죠. 내가 부러워하는 어떤 이의 탐스러운 결과가 있기까지, 그가 했을 노력을 미루어 짐작해보는 일은 결국 나의 발전된 결과를 이루기 위함입니다.

글로벌 말고 로컬,
꿈보다는 오늘 할 일

"하고 싶은 일이 뭔지 모르겠어." "꿈이 없어." 이렇게 말하는 젊은 친구를 많이 알고 있습니다. "요즘 애들은 우리와 달라." "도대체 이해할 수가 없네."라고 말하는 어른도 많이 알고 있죠. 저런 말을 주고받으면 즉각 세대 단절이 이루어집니다. 언제나 하고 싶은 일이 있었고, 이루고 싶은 목표가 뚜렷했던 저도 그런 어른 중 하나였죠.

제가 젊었을 때는 상상도 하지 못했던 엄청난 일을 요즘 젊은 친구들이 이루고 있습니다. 우리나라 아이돌 그룹이 전 세계 차

마침표라니, 쉼표지

트를 휩쓸고, 최고 학벌·최연소·최고령자 유튜버가 엄청난 고액연봉자가 됩니다. 이런 거창한 뭔가를 이룬 사례는 극단적이라 치더라도, 이전 세대는 생각도 하지 못한 자신만의 라이프스타일로 세상이 말하는 '성공'을 이뤄가는 예를 자주 봅니다. '라떼는 말이죠', 좋은 대학을 나와 유학을 한다든가 대기업에 들어가는 일을 지금보다 더 광범위하게 그리고 공고하게 절대적 가치로 여기던 때였습니다. 요즘도 여전한 가치로 떠받들긴 하지만, 적어도 제 세대보다는 다른 가능성이 존재하는 게 현실입니다.

저는 요즘 이런 생각이 강해집니다. 우리가 지금보다 못 살고 인정받지 못할 때는 무조건 밖으로, 밖으로를 외치며 글로벌이라는 깃발만 펄럭였지만, 이제 더는 그런 시절이 아닙니다. 우리에게 쏠리는 시선만큼 사람들이 몰려듭니다. 글로벌보다는 로컬의 시대인 것이죠. 이 얘기를 해주고 싶습니다. 하고 싶은 것도, 꿈도 없다는 친구들에게 말입니다. 당장 거창한 꿈을 찾으려거나 하고 싶은 일이 없다고 스트레스받지 말고, 지금 계획하고 있고 해야 하는 일부터 하나씩 해나가는 게 어떻겠냐고요. 아르바이트를 하고, 자격시험이나 등급 테스트를 준비하는 것 같은 오늘, 다음

달의 작은 목표에 집중해보라고요. 그렇게 하루를 채워가다 보면 꿈이든 길이든 보이지 않겠어요?

그리고 실은, 스스로 하고 싶은 일이 무엇인지 알고 있는 경우가 많더군요. 성취에 대한 불안감에 그걸 입 밖으로 꺼내지 않을 뿐 무언가를 하고 싶고 이루고 싶은 욕구는 대부분 가지고 있더라고요. 어른들도 걱정과 안쓰러움에 참견과 질문을 쏟아내는 거지만, 당사자보다 더할까요. 단절보다는 뻔한 방향이라도 길을 제시하고, 기다려 줄 줄도 알아야 하지 않을까요. 확실히, '요즘 애들'은 우리와 다르니까요.

마침표라니, 쉼표지

나를 위한 선물

중요한 시험을 치르고, 어려운 프로젝트를 마치고,

이별했거나, 힘든 한 주를 버티다 금요일 퇴근을 앞두고….

열심히 살아온 내게 선물하는 일만큼 신나는 행위가

또 있을까요? 마치 그것을 위해 살아온 것처럼,

그 순간을 위해 열심히 돈을 버는 것처럼

나만 느끼는 기쁨 말이에요.

그러다 '텅장'되는 거 시간 문젭니다.

나를 충분히 사랑하되, 선물은 적당히 아낍시다.

마침표라니, 쉼표지

,

돌아가면 어때,
So What?

글쓰기에 관심이 많았던 저는 소설가 지망생이었습니다. 대학 재학 당시 출판사에서 교정, 대필 아르바이트를 했을 만큼 글재주가 있었어요. 대단치는 않지만요. 시간을 더 거슬러 올라가, 어려서부터 습작했습니다. 부모님이 석간신문을 두 개나 구독했고, 다섯 남매는 어린이 신문을 구독했죠. 어머니께서는 어린이 신문을 읽고 좋은 기사는 필사하는 습관을 들이라고 말씀하셨습니다.

저는 '어른 신문'에 연재되는 소설 읽기가 참 재밌었어요. 그중에 가장 기억나는 것이 〈연개소문〉이었는데, 지금 생각하면 사춘기 소녀가 소화하기에는 충격적인 묘사가 많았어요. 저는 연개소문을 몰래 필사했어요. 그리고는 창작 연애소설 습작을 하면서, 스스로 생각해도 야한 내용이 있어서 부모님께 들키지 않으려 원고지를 몰래 신발장 깊은 곳에 숨겨놓고 쓰곤 했어요. 그러다 어머니가 평소 청소하지 않던 신발장 서랍을 정리하시는 통에 들키고 말았죠. 어머니는 '어린 것이 발칙한 상상을 하고 야한 소설을 쓴다'고 야단치며 원고지를 가져가셨어요. 어린 소설가 지망생의 풀이 꺾였지요. 그러다 여고 때 다시 소설 습작에 빠졌습니다.

소설을 제대로 쓰기 시작한 건 결혼 후 첫 아이를 낳고 나서였어요. 집에 있는 시간이 많아지자 펜의 유혹을 받은 거죠. 목표는 신춘문예였어요. 습작한 단편소설이 수십 개였습니다. 매년 각 신문사 신춘문예에 단편소설을 보냈어요. 신춘문예 도전 3년 만에 3대 문예지 중 한 곳에서 전화를 한 통 받았습니다. 당선작은 아니나 최종심에 오른 작품이었다며, 내년에도 도전해보라는 일종의 위로 전화였어요. 이후 등단에 대한 열정은 더욱 뜨거워졌습니다. 그러던 중 남편을 따라 가족 모두 미국 유학길에 오르게 되었어요. 미국 생활에 적응하기 위해 매일 긴장해야 했고, 하루가

마침표라니, 쉼표지

어떻게 가는지 모르고 시간이 흘렀습니다.

미국에서의 삶은 신춘문예나 소설가 같은 꿈에서 멀어져갔고, 현실적인 고민을 던져줬죠. 그곳에서 소설가로 사는 건 생각도 하지 못했어요. 저는 현실적으로, 안정된 미국 생활을 하게 되면 플로리스트나 파티플래너, 푸드스타일리스트가 되는 게 좋겠다고 생각했어요. 그래서 푸드스타일링을 공부했고, 한국에 돌아와서 가진 첫 직업이 푸드스타일리스트였습니다. 이후로 병원 컨설턴트, 이미지 메이킹 강사, 홈쇼핑 쇼호스트 및 게스트 등 여러 직업을 경험했습니다.

얼마 전 만난 대학 선배가 칼럼니스트가 된 제게 이런 말을 하더군요. "너는 글재주가 있는데 왜 처음부터 글로 먹고사는 직업을 택하지 않았"냐고요. 그때 생각났어요. 제가 글쓰기에 관심이 많던 소설가 지망생이었다는 걸 말이에요! '내가 너무 돌아왔구나. 왜 그 생각을 하지 못했을까.' 집에 와서 예전에 습작했던 파일이 있는지 뒤져보았어요. 그때는 플로피 디스크에 파일을 담아두곤 했는데 미국에 가면서 몽땅 버렸던 기억이 났어요. 한 달 전이사하면서 디스크 한 뭉텅이를 찾았습니다. '이렇게 열심히 썼구나. 습작했던 소설들을 복원할 방법이 없을까?' 잠시 망설이다 디스크는 잊기로 했어요.

　괜찮아요. 다시 시작하면 돼요. 시작하는 순간, 꿈꾸면 됩니다. 처음부터 새로 설계해도 늦지 않아요. 우리 인생이 그래요. 하고 싶다고 되는 것도 아니고, 안 하고 싶다고 안 되는 것도 아니죠. 꿈과 경험, 내공이 있으면 언제 시작해도 늦지 않아요. 저는 글쓰기를 멈추지 않을 겁니다. 소설도 다시 시작할 거고요. 조금 돌아왔을 뿐이에요.

　꿈이 사라지지만 않는다면, 돌아가도 괜찮아요.
So What?

마침표라니, 쉼표지

지금은 쉼표,
쉬어가도 괜찮아

잔소리를 안 하려 했는데 결국 잔소리가 된 게 아닌가 고민했습니다. 20대, 30대 시퍼런 젊은이 둘을 자식으로 둔 엄마로서 청춘에게 전하는 메시지가 결국은 '꼰대의 라떼'라는 걸 알기 때문입니다. 강단에서 만난 자식 또래의 학생들과 젊은 후배들의 볼멘소리가 20대 나의 고통과 별반 다르지 않다는 걸 알기에 잘하고 있다고, 그렇게 성장하는 거라고 위로하고 싶었습니다.

잊을만하면 떠오르는 연예인의 자살 뉴스를 마주하면서, 죽음마저 삶의 일탈이라고 방관했던 덜 큰 어른의 모습을 봅니다. '그래, 우리 때와 다른 시절을 살고 있구나.' 우리 삶에 주어진 시간은 같아도 상황이 다르다는 걸 늦게 깨달은 저야말로 철부지였습니다. '라떼'는 기회라도 많았지. 지금 젊은이들은 어쩌면 박제된 기회 아래 날개를 퍼덕이며 절망하고 있는지도 모릅니다. 날고 싶다고, 날게 해달라고 말입니다.

인간의 존재 목적은 성공이 아니라 행복이라는 명제 아래, 내 삶의 최고 가치라고 믿었던 '노력'이 무엇을 위한 과정이었는지 스스로 되묻지 않을 수 없었습니다. 작은 성공에 의미를 두고 하루하루를 열심히 사는 건 안 될까요? 목표 달성, 성공 전략, 비교, 질투, 경쟁은 내 삶을 윤택하게 하는 요소가 아니라 피곤하게 하는 장애물이었어요. 천천히 가도 되고, 돌아가도 되고, 몇 번 실패해도 됩니다. 단지 타인의 삶에 기준점을 두지 말고 자신의 삶에 대해 진지하게 고민하는 시간을 갖는 게 필요할 뿐이죠. 기회는 메말랐어도 청춘의 자산은 여전히 가능성이니까요.

세상의 중심은 '나'예요. 타인을 배려하지 않는 이기적인 '나'가 아니라 끊임없이 남과 비교하며 상대적 박탈감에 시달리지 않는 행복한 '나' 중심의 삶 말입니다. 행복한 '나' 중심 삶에 전제가 있습니다. 실내 클라이밍을 하면서 느낀 게 있어요. 몸이 암벽에 붙도록 근육과 세포를 기억하게 하는 일입니다. 어려운 문제도 반복해서 풀면 몸은 암벽에 최적화돼요. 행복도 최적화가 필요해요. 작은 일상에 만족하고 의미를 두는 '연습' 말입니다. 우리 인생에 하루도 같은 날은 없습니다. 만약도, 다시도 없습니다. 그래서 후회 대신 반성이 필요한 것 아닐까요.

마지막으로, 쿨한 잔소리 하나 추가! 그대들은 가슴에 품은 꿈이 찬란한 빛인 줄 아직 모릅니다. 잘하고 있으니 조금만 더 힘내요. 힘들다고 마침표 찍지 말아요. 지금은 쉼표. 긴긴 인생길에, 잠시 쉬어가도 좋습니다. 쉬는 시간이 각자 다를 뿐.

마침표라니, 쉼표지

마침표라니, 쉼표지

세상에서 나로 살기 위해 고민하는 너에게

초판 1쇄 발행   2020년 12월 10일

지은이   박선경

펴낸이   이병례
펴낸곳   드림디자인

편 집   김은희
디자인   정민아, 이민주
마케팅   성현지
인 쇄   엠아이컴 02-2128-0353

등록번호   제2020-000239호 2002. 09. 19.
주소   04072 서울시 마포구 성지3길 67, 4층
전화   02. 3445. 1501
팩스   02. 334. 1502
이메일   dreamdnc@nate.com
인스타그램   dreamdesign_official

ISBN   979-11-954002-4-9 03810